U0891503

新丝路

——从成都出发

税清静\著

时代
成都时代出版社
CHENGDU TIMES PRESS

2017 年 9 月 30 中欧班列 · 蓉欧快铁（成都—布拉格）首发仪式在成都国际铁路港举行。图为列车缓缓驶出中铁联集成都中心站 白桂斌 摄

成都铁路国际港 青健 摄

成都国际铁路港全景 白桂斌 摄

作者与波兰驻成都总领事馆副领事爱嘉塔

作者与李春雷商量新丝路创作 白桂斌 摄

花重锦官城

人，常常被经验欺骗，被自负蒙蔽。

比如，对于税清静。听名字，十足女人；看实物，纯爷们儿。再比如，纯爷们儿的他，黑黑的脸庞，粗糙的皮肤，敦实的个头，憨厚的笑容，当兵出身……相识多年，我一直以为他是一个文学的门外汉，或者是一个爱好者，最多是一个二把刀。

但是，我又错了。

今年上半年，当读过他描写彝乡百年变迁和民族风情的长篇小说《大瓦山》，又品味他的文学评论集《文学鸡因论》之后，我沉默了。再联想起他讲述的诸多四川各地风土人情，我愈发感叹。

文坛上有天才，有鬼才，我不好说税清静是什么。

他，最少是一个奇才！

1973年出生于四川省射洪县农村的税清静，人生大好的青春年华都已奉献军营，且是在新疆边远地区驻防。他，只读过一年高中，没有受过系统教育，但多年风风火火、粗粗粝粝的生活，多年对文学琢琢磨磨、痴痴迷迷地追求，使他有了一种感觉上的直达，能够直通文学的根本。所以，他的文字虽然略显粗糙，却最通达，最质朴，一如他的为人。

认识清静，已经十个年头了。

2008年“5·12”汶川大地震之后，我随中国作协代表团到灾区采访，次年4月又受北京方面委派，再次来川创作，都是他跑前跑后一路安排，一路陪同。当时的他，刚刚转业，在四川省委宣传部工作。采访途中，他常常讲述自己在藏区十多年的军营故事，活灵活现，惊心动魄。近几年，我也常常到蜀地进行文学交流，与他的接触更多了。但是，随着感情越来越深厚，我反而感觉越来越陌生。我常常看着这个黑黑的家伙，似乎是一位新友，确乎是一个“黑客”。他先后担任四川省作协创联部主任、办公室主任，而且有着和我一样下派基层挂职锻炼的经历。他在乐山市金口河区挂职常委、副区长。正是在这里，他深深扎根，细细体味，创作出了一部彝族历史风情题材长篇小说《大瓦山》，令文坛刮目。

我由此感叹，世间复杂，真的是人不可貌相，海水不可斗量！

读过《大瓦山》和《文学鸡因论》，正当我思考“税清静现象”时，他又给我打电话说，正在现场采访，准备创作一部长篇报告文学。

我再次一愣，这厮刚刚在小说群里绑了一票，难道又要抢我群的饭碗？于是便有些酸意地笑道，写什么呢？他说，四川太大、题材太多，干脆写一些具体的，就以“一带一路”为大背景，写中欧班列吧！我一听，好啊，着啊，这小子一点儿也不憨——闷骚闷骚地干活。

2013年9月7日，习近平主席在哈萨克斯坦纳扎尔巴耶夫大学作演讲，首次提出共同建设“丝绸之路经济带”，加上后来提出的“21世纪海上丝绸之路”，简称“一带一路”。“一带一路”旨在借用古代丝绸之路的历史符号，高举和平发展旗帜，积极发展与沿线国家的经济合作伙伴关系，共同打造政治互信、经济融合、文化包容的利益共同体、命运共同体和责任共同体。这一伟大创举正在改变世界，给世界人民带来实实在在的福祉。从成都开出的中欧班列，深蓝色的集装箱格外醒目，品牌标志以红黑为主色，以奔驰的列车和飘扬的丝绸为造型，正是丝绸之路经济带蓬勃发展的最好代言与象征！

白居易曾提出“文章合为时而著，歌诗合为事而作”。“文章合为时而著”，这既是古训，又是历代文人投身现实的使命和基石。古往今来，做到“为时而著”的虽不乏其人，但可以肯定地说，更多的是虽有“为时而著”之心，却未必有真正的“为时而著”之“文”。究其原因，就在于要想真正做到“为时而著”，就必须倾听时代的足音，呼吸时代的空气，把握时代的脉搏，双脚走进现场，胸膛贴紧大地。报告文学作为“文学的轻骑兵”，就是要通过“报告”加“文学”，及时地向全国、全世界报告中国人民在实现“中国梦”过程中创造的最鲜活的中国故事。

很快，税清静将《新丝路——从成都出发》的创作大纲用微信发到了我的手机上。“新丝路”：新丝绸之路，同时也是“新思路”的谐音。改革开放四十年，中国大地上发生的波澜壮阔、震惊世界的创新实践，不正是靠着“新思路”走过来的吗？！而未来的“两个一百年”目标，全面建成小康社会，建成富强、民主、文明、和谐的社会主义现代化国家，不更是需要“新思路”吗？！

想到未来的长远和光明，我狭窄的心胸一下子豁然开朗，感觉税清静是一位真正的文学同人，是一位驰骋于报告文学疆场上的绿色战士。

于是，我推开自己的酸意，端出自己的诚意，与清静老弟进行了一番真诚的磋商。于是，聪明的他，升腾和完善了一系列构思：借用传统川剧的几个著名绝活——“顶灯”“变脸”“吐火”和“水袖”，来引领和包装现代化的中欧班列的前世今生；立足成都国际铁路港，来讲述普通老百姓的心灵故事……

不久前的一天，我们再次相聚在蓉城府南河边的朗御茶楼。透过32楼落地窗，我看着府南河两岸迤逦盛开着的众多娇艳的花簇，看着楼宇之间蜜蜂一样悠悠聚散的蜀人，正在感叹四川实在是天府国、成都真不愧锦官城时，清静将厚厚一沓书稿——《新思路——从成都出发》——塞进了我的手里，宛若一束秋菊，花香四溢。

清清静静的沉默里，我知道，这小子，又成了！

李春雷

2017年8月于石家庄

（作者系中国报告文学学会副会长、河北省作协副主席）

CONTENTS

目录

引子

一

“地崩山摧壮士死，然后天梯石栈相钩连”，李白在《蜀道难》中引用了蜀地五丁开路的神话故事来描绘蜀道的艰险。李太白使用了“天梯”“石栈”两个词语，蜀道艰难险阻不言而喻。蜀道，在很多人心中已经成为一张注定刻印“艰难”的名片，这为蜀道蒙上了一层神秘色彩，烘托出奇异凄迷的气氛。

关于“五丁开山”，四川地方志里多有这样的记载：古蜀时期，举目北望，一望无头，路途艰险，人们忧惧于北上之路会遭遇豺狼虎豹，还有剧毒蛇蝎，至于那浸入肌肤、夺命于无形之中的瘴气，更令人肝胆俱颤。蜀王内心锐意改革，却被困于蜀地，愁眉不展，叹息连连。得知主子心意，蜀王麾下五位壮士勇敢站了出来，奏请蜀王，甘当以身探险，充当开路先锋。蜀王甚是欣慰，为了嘉奖五位壮士，并为他们送行，蜀王特意命人在府河边摆了烛台，左右蜀人奉上了巧匠酿造的壮行酒，一时间酒香四溢，离歌动人。五位壮士的家人、朋友、亲属，虽对他们此行忧心不已，但仍强颜欢笑，用鼓励暖心之语，盼望壮士早日归来。这五位壮士便率数万大军，数千能工巧匠，逢山开路、遇水架桥，一路铲除毒虫，开垦荒土，疏通河道，兴修水利，所到之处民众拥戴，蜀北大地一片繁荣昌盛。

虽然，有“五丁开山”，为蜀道通行绘上了一抹艳丽的英雄主义色彩，但我们不可回避的是，若从地图上看来，四川盆地四面犹如铁壁合围——西部是人迹罕至的青藏高原东南缘，北部是大巴山、米仓山，外围是横断中国南北的秦岭，东部是巫山，东南部是大娄山，南部是大、小凉山以及云贵高原，四川盆地犹如被高山圈于其中，与外界的交通极其不便。但是，无论群山阻隔下蜀中有多么闭塞，始终隔阻不了蜀人与外界的交流互通，那些如同草灰蛇般横亘于四川和陕西千山万壑间的古道，不知流淌过蜀地祖先多少汗水和鲜血。

今天，当我们的双足再次踏上古蜀遗道时，仍会为这些已悄然隐退于历史长河的隐秘通道而心潮澎湃、眼眶潮湿，因为，我们的先人是在没有炸药、没有钻机，甚至连钢钎和铁锤都没有的艰苦条件下修筑的蜀道，使得四川与中原有了千丝万缕的联系。

二

千百年来，蜀人祖先从未放弃过与外界的交流和沟通，成都，自古以来既是南丝绸之路的起点，也是北丝绸之路上的重要生产基地。

据史书记载，早在西汉，张骞奉命出使西域（今阿富汗、伊朗等地），欣喜看到从印度输入的四川蜀布和筇竹杖，得知四川商人早已跋山涉水，远赴大夏去从事商业贸易活动了。张骞回朝后即将所见所闻上奏汉武帝，汉武帝听后十分惊喜，决心不惜一切代价，也要打通从西南到印度的官道，由官方参与商业贸易，拓疆扩土以耀我大汉赫赫国威。但此路迢迢，关山远阻，并不是那么容易打通，纵然汉武天纵之才，也未能在有生之年看到令自己满意的结果。

光阴似箭，转眼到了东汉明帝永平十二年（公元69年），由于哀牢人内附、东汉王朝“始通博南山、渡澜沧水”，滇缅通道才算打通了，东汉与缅甸的掸族有了正式的经济文化来往。

其后，汉王朝在开发西南一事上竭心尽力，在各地置官设治，修筑驿道，加深中原文明与滇缅之边的交流。蜀汉时期，诸葛亮的南征之举，更是加深了汉族与各少数民族之间的兄弟联系。通过有着悠长历史的“南方丝绸之路”，中国的丝绸、蜀布、筇竹杖、工艺品、铁器等源源不断地输出，国外的琉璃、宝石、翡翠、光珠等不断输入内陆。

“南方丝绸之路”又称“蜀身毒道”，可从成都经云南、缅甸到达南亚、西亚。司马迁描述“栈道千里，无所不通”。北上的古蜀道，如金牛道、米仓道、荔枝道则可与“北方丝绸之路”紧密相连。1995年，在新疆尼雅遗址出土汉晋时期绣有“五星出东方利中国”的蜀锦护臂，证明成都很早就融入了北方丝绸之路。向西向北经关中到河套地区、蒙古高原，古四川与“草原丝绸之路”连接。向东则与长江中下游地区有着广泛交往，“琢山决水通万里，奔走荆蜀如长街”。史事表明，四川从古至今，都与南方、北方、草原和海上丝绸之路密不可分。

四川与诸丝路的广泛联系，既使巴蜀文化广为传播，又使域外风物不断涌入。丝路上的茶马互市兴起于唐、盛于宋明，蒙顶茶入贡长安，飘香海外。“蜀葵”于15世纪从中国输入欧洲，西方油画之父提香·韦切利奥将其绘入画中。前蜀永陵“二十四伎乐”是唐代吸收西凉乐由雅乐转型为宴乐的标志。辣椒、芹菜、洋葱等域外食材通过海陆丝路传入四川，不但满足了人们的味蕾，还促进了川菜的定型与繁荣。早在西晋，中国僧人通过川黔“牂牁道”赴印度求法。无相禅师以新罗国王子之身入蜀求法，系大慈寺开山祖师。唐代玄奘经成都在大慈寺讲经说法后走向遥远的西域、南亚。宋代高僧兰溪道隆生于涪江郡，赴日本弘法，其名望堪比鉴真和尚。[1]

诚然，四川盆地群峦环绕，山高谷深，坡陡路险，但这样的地理环境反而更激励川人冲出夔门远望山外的梦想与豪情。千百年来，川人用智慧、汗水和无上勇气连接起了亚欧非大陆各种文明的人文、贸易、交通道路，铸就了合作、包容、共赢的丝路精神。2000 年前，在古老的南、北丝绸之路上，驼铃声声，大漠孤烟，四川商人如同盐粒，撒在这条茫茫如达天际的道路上，与之相生相伴，传承至今。

光阴流转，岁月如梭，耳畔仿佛还回荡着胡笳和羌笛的余音，一双脚，却已经稳稳地踏入了信息大爆炸的 21 世纪。

三

驼队在陆上行走，航船穿过海洋，陆上与海上的丝绸之路，是我国与欧亚国家友好往来、文化交流的大通道，东西方的文明，在交汇与碰撞中迸发出了闪亮的光芒。当历史的指针，一点点走到了当代，在新的历史时期，沿着陆上和海上古丝绸之路构建的经济大走廊，将给中国以及沿线国家和地区带来共同的发展机会，拓展更加广阔的发展空间。

在当前全球经济缓慢复苏的大背景下，加强区域合作是推动世界经济发展的重要动力，并且已经成为一种国际性的大趋势。2013 年 9 月和 10 月，国家主席习近平在出访中亚和东南亚国家期间，先后提出共建“丝绸之路经济带”和“21 世纪海上丝绸之路”的重大倡议，得到国际社会高度关注和有关国家积极响应。[2] 所以，共建“一带一路”，是中国政府根据国际和地区形势深刻变化，以及中国发展面临的新形势、新任务，致力于维护全球自由贸易体系和开放型经济体系，促进沿线各国加强合作、共克时艰、共谋发展提出的重大倡议，具有深刻的时代意义。

“一带一路”是当前和今后一个时期，我国对外重大经济战略布局。在这格局中，四川是丝绸之路经济带南线的必经通道，而成都则是国家规划的丝绸之路经济带重要的节点城市。四川发展通道经济可以说是国家重大经济战略和外交战略的支点，也是我国向西开放，形成全方位对外开放新格局的重要支点。

2015 年，四川启动实施“一带一路”倡议“251 三年行动计划”，即在“一带一路”沿线国家（地区）中，筛选 20 个具有较大产业和贸易比较优势的国家（地区），实施重点开拓、深度开拓；在 20 个重点国家（地区）中，优选 50 个“双向”投资重大项目，实施重点跟踪、强力促进；在全省近万家外经贸企业中，精选 100 家与“一带一路”沿线国家（地区）有较好贸易投资基础的重点企业，实施重点引导、形成示范。大踏步走出去的同时，项目、资金、人才等也沿着古老丝路源源不断涌入四川。

2016 年，中德合作平台落地，四川省成为对德合作先行省，创新了“平台＋园区”“政府＋机构＋企业”合作模式，促进德国“工业4.0”与“中国制造2025四川行动”全面合作；中法（成都）生态园高水平拓展同法国及欧盟的交流合作，苏伊士环能等30多家法国企业入驻；依托中韩创新创业园，四川与韩国“创造型经济”在创新、智能制造、高端技术研发等方面加快合作；新川创新科技园已签约项目20个、总投资额180亿元……[3]

四

抢抓新机遇，四川把对外通道建设作为“先手棋”，强化互联互通，加快融入“一带一路”。于是，成都迎来了机遇：作为连接南北丝绸之路和长江经济带的重要节点城市，曾经的内陆之城已经从中国对外开放的后方大步走向了前沿。

中欧班列（原名“蓉欧快铁”，2015年6月8日更名），就这样应运而生。始发于2013年4月26日的中欧班列，满载货物从成都青白江驶出，一路向西，直奔欧洲大陆腹地——波兰罗兹，开辟出中国和波兰两国间唯一一条贯通亚欧、连接东西的物流大通道。

这条新兴铁路，一端连着中国西部经济总量最大的省会城市成都，一端对接欧洲大陆新兴的交通枢纽罗兹，是亚欧大陆上的物流大动脉。它的走向，几乎与2000多年的丝绸之路重合。现在，它看起来就像是“一带一路”图谱上那条清晰铺延开来的连接线。

如今，依托中欧班列，成都开始编织一张对外开放的交通网络，实现联通欧洲与亚洲的铁、空、公、水多式联运。这个让人来了就不想走的城市，正在逐渐由传统内陆城市向新兴口岸城市转变，由区域中心城市向国家中心城市转变。而中欧班列加速了四川各个产业链的融合，提供了更多就业机会，促进了运输结构健康转型。西南地区以成都作为运输中心，与乌鲁木齐集结中心相得益彰，加快西部大开发的步伐，为偏远地区的人民带来福音，共享“一带一路”发展成果。

借力“一带一路”，中欧班列大有作为。古有“丝绸之路”，今有“中欧班列”，千年以后，再续前缘。毋庸置疑的是，站在“丝绸之路经济带”和“长江经济带”国家战略的交汇点上，中欧班列正有力把握新的历史发展机遇，带领沿线各国民众奔向富裕的康庄大道。无数企业、商户因中欧班列而受益，普通老百姓得享这条“新丝路”带来的红利，这条穿越雪山、沙漠与绿洲的铁路，这条横跨欧亚的国际物流大通道，正在成为“一带一路”的重要纽带和成都开放型经济的大动脉，为我们带来源源不断的活力与机遇。

这是让人惊叹的“新丝路”，一头打通历史，一头连接未来。

---

1. 李晓东 . 你知道吗？四川自古就与丝绸之路密不可分 . http://difang.gmw.cn/sc/2017-04/08/content_24160415.html. 光明网
2. 推动共建丝绸之路经济带和 21 世纪海上丝绸之路的愿景与行动 .http://news.xinhuanet.com/2015-03/28/c_1114793986.html. 新华网
3. “一带一路”的四川行动 .http://sichuan.scol.com.cn/dwzw/201705/55912426.html. 四川在线

第一章『顶灯』前行：川人百年铁路梦

四川自古便拥有丰富的水资源，亦被称为“千河之省”，内河航运和驿道相当发达，但事实上，蜀地人民既享受着“舟楫之便”，也满心羡慕着飞驰的火车——那象征着现代文明和速度的“铁家伙”，是大家望眼欲穿的“西洋景”，能修建一条铁路走出去，成为蜀人百年来的执着梦想。

据已故四川作家巴金自述，1923 年，年仅 19 岁，离成都去往上海求学时，他就是在九眼桥码头登上了木船。那时四川水路虽发达，但乘船并不能直达上海，巴金此行便格外“曲折”——他要先顺岷江经乐山到宜宾，再取道泸州抵达重庆，由重庆乘船去上海。单是从成都到重庆，便花费了一周左右的时间。

什么时候咱们四川才能拥有自己的铁路啊？这是百年前蜀人的心声，不管是未来的文学大师巴金，还是目不识丁的平民百姓，大家都盼望着能修铁路通火车。这承载了川人执着愿望的火热信念，犹如头上顶着一盏“亮闪闪热辣辣的油灯”，川人心怀梦想，哪怕置身于烈焰沸油下，仍旧坚持前行，不改初心。

川人爱看川戏，笔者亦然。在川戏的传统绝活里，“顶灯”不可不提。《皮金顶灯》是川剧灯戏之一，为川剧小丑剧中的经典之作，也是川剧中久负盛名的独门绝活。

且说那皮金，成都人管男人怕老婆叫“耙耳朵”，男主角皮金就是一个既爱玩麻将又十分怕老婆的“耙耳朵”，每次打完麻将输钱回家，都要被老婆教训。以前是罚跪，后来老婆觉得不新鲜，端了一盏油灯来让他顶在光头上，要他顶着灯随音乐扭摆起舞、钻板凳、翻跟斗，还要跳在高凳上将油灯吹灭。

在四川，大家辣椒吃得多，辣妹子性格如火，自家男人迷恋赌博，轻言细语劝说无效，自然是采取非常手段来镇压，剧中的皮金娘子就是典型代表。皮金原先还想提提虚劲，说些什么“我今天不扇你两巴掌就不是男人”的狠话，但见他娘子双手叉腰，圆规般站在台上，昂起脑袋鼓起眼睛得意道：“老娘倒要看看你是不是男人！”皮金抡圆胳膊，做足准备工作，冲到娘子面前，却只敢在老婆肩上轻拍两下，谄媚道：“我给你掸掸灰嘛！”皮金娘子更加骄横，一张满月脸几乎翘到天上去：“那你今天滚不滚灯呢？”皮金画了一个粉白鼻子，点了樱桃小红唇，此时已经完全被他娘子的威势镇住，点头如捣蒜，鼻子嘴巴皱到一起：“滚嘛，滚嘛。”

灯，当然不是那样好滚的。先前只是头上顶了油灯来“屁股扭扭，脖子扭扭”，小腰肢甩得跟风摆杨柳一样。皮金一介男角，偏偏还穿了女人的大红肚兜和藕粉绸缎裤，扭起来丑态百出，他偏偏还做出严肃认真的样子，哪管台下观众已笑到岔气。

娘子要求的“滚灯”升级，命皮金灯不能掉落，人要从两张长凳下钻过去再钻回来。皮金好不容易钻过长凳，原想这下娘子气出够了，可以坐下休息了，刚唱“排排坐，吃果果”，没想娘子立马扯着他耳朵起来，笑嘻嘻地说：“你今天还得给老娘钻回去！”

这次难度更大，幸好皮金精灵，轻轻点着脑袋，把油灯挪到了额顶上，借着腰身柔软，竟然一点点地从板凳下退了回去。娘子消了气，但还想捉弄他，于是又命令皮金把灯吹熄，他只好噘着一张“猪拱嘴”，拼命吹火。娘子就站在身后，吹熄后立即重新点火。几次过后，皮金发觉蹊跷，所以登上高凳来吹火，回头，发现娘子刚刚踏上一只脚。计策被识破，夫妻两人抖着肩膀笑呵呵。

戏中懒垮垮的粑耳朵男人皮金，与他泼辣爽利的娘子，自然是可以在“顶灯秀”后夫妻和解，皆大欢喜。但对于戏外的川人而言，“顶灯”不是一件容易事，时时刻刻，分分秒秒，都晓得头上灯盏里盛有滚烫沸油，一不小心就会烫得人皮开肉绽。但为何饶是如此，川人依旧放不下头顶的“光明铁路梦”呢？

这个漫长的梦啊，一做就是悠悠百年光阴。

第一节　保路运动

孙中山先生在评价四川保路运动时指出：“若没有四川保路同志会的起义，武昌革命或许要迟一年半载。”可见，四川“引起中华革命先”的历史功绩是不可磨灭的，四川保路运动是辛亥革命的前奏曲，它唤醒了百余年前这头沉睡的中华雄狮。

一条铁路，竟能激起整个四川的革命狂潮，百年之前，川人和铁路的命运，就已经这般生生相息，命运相依。

川人皆是“股东”

1900年（清光绪二十六年），在中国历史上，是一个不能忘却的惨淡年份。那一年，八国联军的铁蹄，搅乱了老北京祥和安然的空气，这些“洋人”，端着当时颇为先进的洋枪洋炮，耀武扬威地攻打了中国古老帝都。那一年，老北京城火光熊熊，哭声震天，精美绝伦的圆明园，在八国联军的蹂躏践踏之下，变成了令人啼血叹惋的焦土废墟。清政府实在是吓破胆了，他们甚至不敢向“洋大人”们提出一声微弱的抗议。于是，1901年，英、美、法、日、德、意、奥、俄等帝国主义迫使清政府签订了丧权辱国的《辛丑条约》，各国列强开始了疯狂的“竞争”，他们争相夺取势力范围，意图瓜分中国。而作为“竞争”的重要一环，“洋大人”们对铁路权的争夺，开始愈演愈烈，逐渐上升到了白热化程度。

路权是什么呢？乃国之尊严，怎可假手于人？大清国许多有志官绅，甚至普通民众都一致认为：绝不能眼睁睁地让洋人占了咱们的铁路权！这不仅仅是一项“权利”，它兹事体大，关系着国家之盛衰、文明之走向、华夏之兴亡。

四川，自古以来便贴上了“蜀道难”的标签，入川和出川都不是一件简单事。于是，“洋大人”无法畅通无阻地向着天府之国倾销商品、输出资本。眼看一块诱人的“肥肉”近在咫尺而不能食，他们心急如焚，将掠夺蜀地铁路的修筑权一事，提上了议事日程。

一方面，“洋大人”们野心勃勃，另一方面，面对国内愤怒的声浪，清政府也渐感“压力山大”，各地百姓和开明官绅都在嚷嚷要自保路权、自建铁路，清政府实在无力“逆历史之洪流”，只好假装“开明一把”，决定向民间资本开放路权，还有模有样地设立了商部衙门，颁布了《铁路简明章程》（以下简称《铁路章程》）。《铁路章程》一经面世，便引来热血民众的拥护，因为这标志着朝廷开始着手推行铁路开放政策了，白纸黑字写得清清楚楚：无论华洋官商，可禀请开办铁路。

在 1903 年 5 月，锡良到了四川任总督。可以这样说，锡良这个四川总督，一开始到四川当父母官，心里是有一番雄心壮志的，也能接受新思维，立宪派留日学生说的话，他多多少少能听进去一些。他将修建川汉铁路当作首要任务来抓，头脑也是很清明的——既晓得铁路对于四川的重要性，更晓得路权的重要意义，他上奏朝廷，是顺应了民心民意大势所趋，迎合了当时历史发展潮流。所以，锡良在奏折中这样“热血”地写道：

四川天府奥区，物产殷富，祗以艰于转运，百货不能畅通。外人久已垂涎，群思揽办。中人亦多假名集股，而暗勾外人，计取强求，百端纷扰。若不及早主张，官设公司，招集华股，自保利权，迟之日久，势不容已。或息借洋款，许人兴修，必至喧宾夺主，退处无权。尤恐各国因此互启事端，转多饶舌。况川省西通卫藏，南接滇黔，高据长江上游，倘路权属之他人，藩篱尽撤，且将建瓴而下，沿江数省，顿决险要。是川汉铁路关系川省犹小，关系全局实大。为今之计，非速筹自办不可。

锡良行动力也不差，朝廷刚刚准奏，1904年1月，他就根据《铁路章程》规定，召集了蜀中开明官绅同堂商议。大家议论纷纷，各抒已见，以蒲殿俊等留日学生为代表，这批“蜀地精英”建言献策，促进了川汉铁路公司的成立。于是，四川官办“川汉铁路总公司”在成都岳府街正式成立。四川玩了个“新风尚”，此后各省效行，十多省先后成立了铁路公司。而锡良带头，蜀人自办川汉铁路，成为当时蜀地最重磅的“热搜”新闻，也是蜀人的梦想依归。

且说这川汉铁路全长约2000公里，预定线路自汉口起，经宜昌、夔州、重庆、永川、内江、资阳到达成都，计需银5000万两以上。锡良与官绅们商议后，于1905年1月制定了《川汉铁路集股章程》，规定了4条集股办法：第一，以个人资金入股（私股）；第二，按租计谷抽收股金（租股）；第三，国库拨款部分作股份（官股）；第四，本公司筹款开办别项利源收取余利作为股本（公利股）。《川汉铁路集股章程》还规定：川汉铁路不招外股，不借外债，不允许任何形式的非国人股权出现。

这种集股方式可以看出十分鲜明的“自办烙印”，川人从一开始的态度就表现得十分“硬骨头”，讲好了“自己的事自己干”，便将全省之力合成一条绳，哪怕全四川人勒紧腰带来筹款，也不用外人的一分一毫。这种硬气，来自强烈的民族自尊心，锡良看到了蜀地人民的热情，看到了整个盆地的人民，不管是自愿还是被动，都已将自己的命运，系在了这条梦想中的铁路之上。

川汉铁路公司还规定盐商、茶商等商业富户应多认购股票。当时四川 7000 万人，不论贫富，都与川汉铁路联系在一起。上至富绅，下至“草根”，全四川都“动起来了”。蜀人非常团结，而农民按租计谷抽的股就占了总股金的大头，租股便成为川汉铁路公司的经济命脉。四川是个农业省份，这种做法无疑让几乎每个四川人都和这条铁路利益攸关，劳动人民甘愿为这条铁路出钱出力。这也是后来保路运动势如破竹、迅猛发展的主要原因——如果川人皆是“股东”，那么这条理想中的铁路，从它还在蓝图上开始，它就是属于“全四川的”，不姓“官”，更不姓“洋”。

“铁路商办”变了味

四川人雄心万丈，成立川汉铁路公司，大搞“铁路自建”，然而商办改革其实从一开始就存在着隐形弊端：公司经营权实际操纵在官僚和买办手中，这样一来，“主权”便成为绝佳的幌子，在这块冠冕堂皇的“金字招牌”之下，衍生了黑暗的“利源”。川汉铁路，原本计划要筹资 5000 万两，到了 1909 年只筹集到 700 多万两，其中还有 200 多万被各级官、绅管理者层层贪污。

资金的短缺，令清政府大感头疼，他们刚刚向民间放了一点权，遇到了阻路礁石，便顿觉“此主意不是最优选择”了。

清政府经过多番调查，开始认识到不光是四川，全国各地的铁路公司都涌现出了形形色色的问题：民间资本供给乏力，商办铁路的技术难以达到技术要求，而且行事效率低下。怎么办呢？迫在眉睫，看来唯有“改革”。其实说来好笑，清政府并不算热衷革新的政府，但在20世纪初，他们遇到了前所未有的种种难题，若不“改革”，分分钟可能会丢掉统治权，所以，只能硬着头皮，“一改”不行，赶紧“二改”。第一次改革，清政府说了“商办铁路可行”，这次呢，却又坚决否定自己，开始了新一轮的“路权国有化”，但“国有”二字说来容易，做起来困难啊，当时清政府国库虚空，没有经济硬实力，如何实现“国有”呢？好办，朝廷有了好主意：中国没钱，“洋大人”大大的富裕嘛，由咱们政府出面，向外国银行团融资、借钱，到时真金白银落入口袋，政府来修铁路，不也是皆大欢喜吗？

这话是什么意思呢？就是之前讲“你们四川人自己修铁路吧”，现在不行了，“小民力薄”，眼看你们四川人凑不足钱，修不了铁路，还是得官方出面来摆平。于是，1909年6月6日，张之洞代表政府和美、英、德、法四国银行签订了借款合同，总计借款为550万英镑，利息五厘，以建造湖广境内粤汉与川汉铁路。到了9月，张之洞去世，借款经办人变成了买办商人盛宣怀。盛宣怀走马上任后，便激起了千层浪。为何呢？因为他的特殊身份，他算是“红顶子”和“商人”的混合体，又是官来又是商，股民们不干了，嚷嚷说咋让盛宣怀来接手铁路国有化呢？他在商场早就混得油光水滑，到时如果要个滑头，变相将铁路利权收归自己囊中，那咱们找谁哭去？

唉，一波未平一波又起，闹闹嚷嚷中，新派官僚施典章正式出任川汉铁路公司“总收支”，此人倒有一番雄心壮志，“新官上任三把火”，上任伊始便提出一条“锦囊妙计”以改善收支：从现存经费中拿出350万两进行证券投资，再用赢利建设铁路。这位施官僚也许出发点并不坏，他想的是“以钱赚更多钱”，哪里晓得本身“水性不好”，一下“商海”，便被淹得吃水连连。他运气也真是差到了极点，1910年夏，股市“泡沫”开始破灭，川汉线的财政一结算，不但橡胶股票投资泡汤，扔进钱庄的高利贷资本，也因钱庄倒闭而打了水漂。

股市上亏了钱，盛宣怀正好有了“话语资本”，他此时出任邮传部尚书，借着“橡胶股灾”对川汉铁路公司的影响一事大做文章，上书摄政王载沣，言辞颇激烈地指出：铁路商办是清谈误国！那么，为了不再“泥足深陷”，唯有一条光明通途可走，只有尽快将铁路收归国有，再由政府和“洋大人”笑脸协商，争取更好的借款和管理条件，才能争取铁路早日修好。

清廷一听，得，“盛卿所言，正表我心”，原本朝廷就不愿民众瞎折腾，这下正好可以将利权收归满人和皇族为主的中枢，又可“多快好省”地建设铁路，载沣即刻批示“不为无见”。1911年5月9日，清廷发布《铁路干路国有定策》。

表面上看，朝廷所订的协议条款还挺优厚：建成铁路后的管理权仍归中方，人事权由中方牵头。施工、还款等方面的条款也似合理。但有心人若细细思量、考究，会发现其中潜藏着不少堪称致命的错误。首先，当时几条铁路的路权说白了并不在朝廷手中，而是属于“商股”，政府这一干预，是将原本不属于自己的东西拿出去出售，让原本的“主人”发了蒙，吃了瘪；其次，盛宣怀“心不平”，在处理路权问题时，分了地域来区别对待，对两湖、广东和四川提出了不同的国有化方案。湖北、湖南由于张之洞管理得宜，资金损失不大，盛宣怀提出用“国家保利股票”1:1按原股面值置换；而四川的情况比较严峻，这位施典章闯了祸无法收场，索性干瞪眼——推得干干净净，因资金亏损中有300万系“橡胶股灾”亏空，盛宣怀认为不应“慷国家之慨”，决定也不予承担。

这一个“不予承担”是什么意思呢？就是让川汉铁路公司的四川股东们共同“背锅”，反正政府明说了“不兜底”，那“股东们”到底是谁呢？不是一两个商贾大户，而是差不多整个四川的民众！上至豪绅富商，下至农民走卒，统统都得当“背锅侠”。

这样一来，川人为梦想中的这条还看不见摸不着的铁路，之前付出的心血、激情、金钱，现在一句轻飘飘的“转为国有”，便将一切化为乌有，川人皆有血性，能不气、不恼？不跺脚、不愤恨？

王人文登桌演讲

1911 年 6 月 1 日，一封由邮传部尚书盛宣怀和督办大臣端方联名发给护理川督王人文的“歌电”，让王人文如获烫手山芋，他知道此电若宣，必将引起全省大乱，他实在不想看到自己治下的四川，变成热滚滚一锅乱粥。于是，王人文麻起胆子，压下“歌电”不发。可惜他的拖延政策并未奏效，王人文一个人扮鸵鸟，盛宣怀、端方又转而询问川汉铁路公司驻宜昌总理李稷勋，询问他是否见到了“歌电”？李稷勋马上致电成都总公司，要求索阅，总公司便又转询总督。于是，王人文的好心挡不了这滚滚洪流，局势比人强，他只得叹口气，无奈地抄示公司，电文公开，果真，不出所料，引得全省舆论哗然。

这封王人文曾想千方百计压制不发的“歌电”到底写着什么内容呢？其实，这是为了偿还在上海橡胶股票风暴中向列强借的款，盛宣怀和端方告以度支部决定的川汉铁路股款处理办法：对公司已用之款和公司现存之款，由政府一律换发给国家铁路股票，概不退还现款。如川人定要筹还现款，则必借洋债，并将以川省财政收入作抵。此电明示，不许川省股东保本退款，而只允换发铁路股票，即政府不但收路，而且还夺款。

一石激起千层浪，消息迅速在民间传开，引发川人愤怒。见过欺负人的，哪有这么欺人的呢？简直欺人太甚！真当咱们四川人是软柿子，个个好捏啊？

成都岳府街，平日里，这是一条不那么起眼，平静如处子的街道，但在6月17日这天，人们仿佛雨后蘑菇，从地里嗖嗖蹿出，将岳府街挤了个水泄不通。仅仅是岳府街的川汉铁路公司内，便人挤人、肩挨肩地聚集了4000多人，大伙儿火速成立了“保路同志会”，并决定即时前往总督衙门，向总督大人王人文请愿。

待到请愿的民众来到总督衙门，王人文听到外面山呼海啸般的演说，他再也忍不住满腔热血沸腾，说只要于国计民生休戚相关的事，他无论怎样当据理力争。因为自己身材矮小，怕大家看不到，就令左右赶紧搬了张方桌来，王人文奋力攀爬，站在桌上慷慨陈词：“我立刻代你们电奏、力争，就算丢官也是乐事！”

说起这位王人文，是以布政使的身份担任“护理四川总督”，虽然看上去名不正言不顺，他却是一个有着实实在在为四川民众谋福祉思想的好官。想当初，当四川人民得知“铁路国有化”的“上谕”后，反抗情绪激烈，几乎一触即燃，王人文体恤民心，遂将川人的两项爱国请求——“政府暂不接收铁路”和“暂缓公布停征股租”电奏朝廷。朝廷却视而不见王人文的爱民行为，反而多加斥责，逼王人文对生事者“严行禁止，倘有匪徒从中煽乱，意在作乱者，照惩治乱党例格杀勿论”。6月27日，王人文再行壮举，他把罗纶等2400余人签注批驳川汉、粤汉铁路借款合同的原件及公呈人全体姓名上奏，并附片自请处分。

然而，王人文的热血与正义，王人文的苦心与善意，并没有换来良性结果，朝廷反而斥他“局面控制不力”，申谕严饬，将他革职，令赵尔丰走马上任四川总督。四川人民奔走相告，满城皆是惶恐脚步，应和慌乱心跳：赵屠夫要来成都了！

“屠夫”赵尔丰

四川人虽然早知赵尔丰“心狠手辣”的治吏风格，但现在管不了那么多了，朝廷一个接一个的“惊雷”扔过来，真真令川人应接不暇。

1911 年 8 月 23 日，保路同志会又在岳府街集会，他们此次得知了一个晴天霹雳：朝廷一意孤行地认为四川将“保路”这场戏闹得这么大，是有“乱党”所为。否则，你看朝廷刚颁布将路权变为姓“国”时，首先跳起来的还不是四川人，而是同样爱吃辣椒的湖南人，早在五月份，人家长沙已经举行了万人群众集会，声势浩荡不？这还不算浩荡的话，接下来人家又举行了长沙至株洲的万余铁路工人大示威，还号召商人罢市，学生罢课，拒交租税以示不满，严重抗议！那种“全民动员”，波及社会各界，引得全国震惊。但长沙保路运动闹得快，火焰灭得也很快，看上去乱纷纷，其实并没引起多大的骚乱，四川却不是这种概念，保路同志会如同一块磁石，引得川人纷纷捐款出力，全川一心，令人振奋鼓舞，但更令朝廷忌惮，连“乱党”这样的话也抛出来了，这不是明逼着人反吗？

于是，保路同志会很硬气地向全省发出通知：自本日起即实行不纳正粮，不纳捐输，已解者不上兑，未解者不必解。这就给了新任总督赵尔丰一个大大的下马威。

为了解决危机，赵尔丰想出了“擒贼先擒王”的馊点子。

1911年9月7日（辛亥年七月十五日），这是赵尔丰接任川督第45天。恰好这天是中国传统盂兰节，也称“鬼节”。这天一早，在东大街街口、春熙路口、大科甲巷巷口，老百姓都用木桌相叠，筑起了重重高台，他们恭谨称之为“万岁台”。“万岁台”的木桌上用黄表纸折成了圣位牌，用朱砂书写，中间写的是代表光绪皇帝的“德宗景皇帝之神位”，两边写的是光绪皇帝生前所发的上谕中的句子，一边是“庶政公诸舆论”，一边是“铁路准归商办”。牌位两侧，还燃点着九品香烛，民众们三五成群地在高台前恭敬叩首，规规矩矩朝拜“万岁台”。赵尔丰被气得半死，暗想，恐怕还是要将股东会、同志会中几个头面人物抓来，这些虾兵蟹将才晓得我赵制台不是吃素的！

于是，赵尔丰将保路同志会的九位代表骗进总督衙门，假说要请九代表看邮传部对川汉铁路问题的回电，实则打算栽赃以“纵火焚烧督署”罪名“就地正法”，幸被匆匆赶到的成都将军玉昆拦阻。愤怒至极的群众蜂拥而至，高喊放人，赵尔丰下令开枪，当场打死30余人，是为“成都血案”。

据查，死难者全是底层贫苦大众：机匠、裁缝、学徒、医生、刻字匠、管戏班子行头的、装水烟的、放马的、卖小菜的，以及街正等，从12岁小童到古稀老翁，都有罹难。

赵尔丰的枪声让四川保路绅民对清廷深感寒心，也如同火柴丢进汽油桶，彻底点燃了川人身上的血性与怒火。“成都血案”发生仅两天，起义军便从温江起事，在成都南门外燃点起战火。清朝廷大惊失色，紧急下令让端方率领湖北新军入川镇压“乱党”。因端方抽调了1/3的湖北新军军力，使得武昌城的军力顿时锐减，革命党人抓住良机，于10月10日在武昌城打响了武昌起义第一枪，掀开中国历史崭新的一页。

辛亥革命后，赵尔丰被枭首示众。“屠夫”最终也只落得身首异处的下场。曾经专门研究保路运动，并据此创作出长篇小说《我的1911》的作家何竞，谈起这段历史不禁感慨万千。

纵观四川百年前的保路运动，导火线来自于对一条铁路路权的争夺，最终却成就了非凡的革命意义：保路运动沉重打击了帝国主义和清王朝在中国的统治，极大地鼓舞了资产阶级革命党人的斗志，导致了武昌起义以及四川的独立，并直接导致了辛亥革命的总爆发，为中国资产阶级民主革命立下了不朽的功绩。

第二节　新中国第一条铁路
——成渝铁路

据湖北卫视制作的《大揭秘》之《成渝铁路　上集》介绍，成渝铁路是中国自主修建的第一条铁路。成渝铁路全程共五百零五公里，连接了西南地区两个重要的城市——重庆和成都，经停从成都市到重庆市间的六十个站点，是西南地区有史以来的第一条铁路，同时它也是中华人民共和国成立以后中国人民自主修建的第一条铁路，从设计、施工，到铁路上的每一寸钢轨和枕木都由中国人民自己修建完成。

交通运输作为国民经济的重要基础设施，是中华人民共和国成立后经济恢复的重点，当时主持西南工作的邓小平非常重视铁路建设，他本人有着很深的“铁路情结”，他在谋划西南经济恢复与建设时，首先想到的是兴修成渝铁路。

为什么要在成都修建一条通往外界的铁路呢？这和四川人民曾为修铁路而爆发的保路运动有关系，铁路，困扰着四川经济发展，同时，也是蜀人近半个世纪的执着梦想。1911 年那场声势浩大的保路运动，后来发展成武装起义，成为辛亥革命爆发的导火线，后面的故事，讲来也许有些令蜀人黯然神伤——风起云涌的大环境下，川汉铁路宣告停工。

斗转星移，“保路运动”的风云已经悄然散去，历史的时针，走向了民国。在这个时期，“修一条四川境内铁路”的声音一直都回荡在巴蜀大地，中华人民共和国成立了，人民群众迎来了属于自己的曙光！

捐了嫁妆捐寿材

中国铁路作家协会理事、成都市铁路局作家协会主席周世通，1992 年从西藏军区转业到成都市铁路局后一直在宣传系统工作，曾任《蜀道风》执行副主编。当他得知作者在采写中欧班列时，主动要给大家讲几个当年修建成渝铁路时感人至深的故事。

1950 年 6 月 15 日，西南军区和西南铁路工程局在西南军区联合召开了庆祝成渝铁路工程开工典礼。在中华人民共和国建国初期，正可谓“百业待兴”。军队里的战士，个个都是全能选手：挎上枪，上了战场就能当热血勇士；握着工具，到了工地立马就是勤劳工人。为了成渝铁路的建设，军队紧急调配人手，西南军区从川东、川南、川北、川西和西康各军区总共抽调了30174人，组成5个军工筑路总队。这些“工地上的军人”，可谓是“两手都硬”——他们一手拿镐，一手握枪。战士们非常辛苦，肩上担子很重，从“修路”角度看，他们是修筑成渝铁路的主力军，从“护卫”角度看，他们又是一支重要的护路武装力量。为啥这样说呢？因为当时，在普通民众中，还可能潜伏着心怀不轨的特务、残余的土匪力量，他们贼心不死，伺机骚扰破坏。为了确保施工安全与施工进度，“工地上的军人”必须小心警惕，严防坏人捣乱。

话说开工典礼动员大会之后，各军工总队均进行了动员，召开了誓师大会，战士们群情激昂，士气高昂，大家高举“开路先锋”的大旗，唱着歌儿，步伐强劲有力，浩浩荡荡地来到了指定的施工区段。

这些“最可爱的人”，原先是立下赫赫战功的英雄儿女，在战场上叱咤风云，令敌人们闻风丧胆；现在，他们再立新功，迅速成长为开山挖岭、修建桥梁的劳动能手。解放军战士们的成长堪称“飞速进步”，他们在工作中虚心学习施工技术，在短期训练班里刻苦学习，不断交流经验，相互良性竞争，比赛谁最先掌握施工技能。各部队都广泛开展了立功创模活动，劳动竞赛成为“常态”。刚到工地上，还不熟悉业务的解放军同志打炮眼，两个人合作，一天只能打一米多，还累得要命。他们不断总结先进经验，消化吸收，不到一个月，“二人小组”一天就能打五六米了。连许多具有丰富筑路经验的老石工都佩服地竖起大拇指，称赞道：“解放军真了不起，我们当了几十年的石工，最多一天也没超过四米。”

时任西南军区军工筑路队第一纵队直属二团参谋的孙贻荪，是在1950年6月15日正在操场出操时，突然被领导叫去，让他到西南军区报到的。他是到了成渝铁路的开工仪式现场，才恍然大悟：啊，原来自己是被领导派来修成渝铁路的！但他没想到，这一修，就是整整两年时间。

那个时候修建铁路，没有大型机械，修路全靠钢钎、二锤和自制的炸药。修建铁路前期，大家每顿饭几乎都只能吃南瓜，后来领导批准补贴，每人每天补贴1角8分钱，孙贻荪和部队的同志们才能隔三岔五吃到一顿肉。

但是，这些都不是最难的。最令部队烦恼的，是不时有土匪来骚扰。“那时的土匪很猖獗，白天都敢大规模偷袭修路工地。”孙贻荪清楚记得，匪患最严重的是在永川一带。正干得汗流浃背，民工跑来急慌慌地报告：“孙参谋，土匪来了，起码有百来号人！”

“土匪来了怎么办呢？只有打啊！”孙贻荪马上下令停止修路，迅速进入战备状态，准备迎敌。“我们修路的时候，枪都是整整齐齐架在路边的，随时可以进入作战状态。”孙贻荪回望往事，丝毫不觉其苦，说到土匪扰袭，他还微笑着眨眨眼，豪情从老人眼中漫溢，瞬间暮年回春。

那时修建成渝铁路条件多艰苦自不必说，其实像孙参谋这样“从一开始一直修到铁路通车”的军人并不多，1950年11月，各军工总队归还建制，参加抗美援朝作战。

“工地上的军人”离开了怎么办？成渝铁路项目不能就此搁浅啊，于是，“十万民工”正式登上了历史舞台。

于是，各军工总队归还建制后，中共中央西南局和西南军政委员会便决定动员组织全省十万民工参加筑路，坚决保证完成两年建成成渝铁路的任务。遂成立了川东、川南、川西、川北四个行政区的民工指挥部，筑路民工实行以工代赈，每个工（天）完成工作定额后发给大米4公斤，而且多劳多得，这一措施得到热烈拥护。

参加筑路的民工可谓“五花八门”，以农民为主体，还有失业工人、学生、医生、教员、小商贩、释放的国民党军士兵、参加过土匪的自新人员等。在各级工会和劳动部门的具体组织下，共有1.8万余名失业工人从各地赶来，纷纷投入筑路行列，甚至旧社会重庆残留的1200名丐帮弟子，经过学习培训后也参加了筑路工作。大家从旧社会跨入中华人民共和国，不管在过去的时代是何种身份，现在都意识到了中华人民共和国是所有劳动人民的中华人民共和国，作为中国人，每个人要努力发挥自己的能力，将国家建设得更加富强，让家乡的明天更为美丽。

第一批六万余人于1950年12月底到达工地，第二批四万多人于1951年春陆续到达，共计为107500人。周世通说，为了更好地管理民工，形成一种“制度化管理”，那时，民工各中队建立起点名、请假、会议、学习等制度，还订立了劳动纪律和群众纪律，民主选举成立了经济委员会、评功委员会、纪律检查组等组织，对于推进各项工作发挥了很好的作用。有些旧社会的丐帮弟子，难免沾染一些“流氓气”，一开始，他们很抵触“这制度、那制度”，但在管理人员和其他工友的亲切谈心下，他们渐渐丢弃了之前的不良习气，开始真心实意投入到成渝铁路的火热建设中来。

按照中央确定的“就地取材”的原则，成渝铁路在施工中多用价廉的石料而少用钢筋混凝土，除大中型桥梁使用钢梁外，其墩台、基础以及中小型拱桥、涵洞都尽量利用沿线所产的石料。全线43座隧道中，1950年后新建的28座隧道的边墙全为石砌，隧道拱圈有23座是石拱。新建桥涵圬工总量40.2万立方米，其中各种料石、片石、卵石及碎石等石砌圬工占90%以上，混凝土只占8.6%。全线共有石拱桥827座。这就大大节约了修路的材料费用。再加上通过对解放前已修筑成渝铁路的路基、桥墩、桥洞等既有工程的仔细鉴定和尽量利用，为成渝铁路早日建成通车缩短了工期，节约了大量开支。

为了早日修通成渝铁路，还涌现出了“献寿材、献嫁妆”的感人故事。同时，沿线还有很多翻身农民参与修路不计报酬，自带干粮，自备工具，看到哪里需要人手就在哪里干活。修路需要的木料不够怎么办？不少人甚至将家藏的寿板、房料等无偿捐献出来做铁路枕木，有些农民砍的自家树可是高级木头，什么香樟木、紫檀木，原本是留着给女儿打嫁妆家具的，现在统统无偿捐献，谁都不提报酬的事。成渝铁路所需的129万根枕木，就是沿线群众在极短的时间内备齐并送达工地的。成渝铁路全线总造价为人民币1.9亿元（其中政府投资1.6亿元），每公里平均造价37.65万元，是中华人民共和国成立后在丘陵地区建成的最省钱的铁路。

民工刚开始到了工地上不习惯，不能适应筑路劳动，因而工效甚低，只能完成定额的50%左右，这当然影响了民工的收入。这时就有人幸灾乐祸吹冷风、说怪话："过去国民党修黔桂铁路，曾经征集14万民工，修了几年也没修成。现在刚解放，就说两年修通成渝路，那只不过是白日做梦，蒙骗老百姓。"好在这种消极言论并没打消人们的信念，根据这种情况，除了铁路各工务段普遍抓对民工的技术指导，开办各种专业训练班，培养技术骨干、互教互学、掌握施工技能外，着重对民工进行思想政治教育。

民工们其实内心单纯，并且"川人梦铁路"的基因如同蛰伏在他们血液之中，是他们生命的一部分。民工大都具有极高的社会主义积极性，一旦认识了真理并掌握了自己的命运，劳动热情就像火山爆发一样喷涌而出，势不可挡。

马克思早就说过：生产力是生产方式从而也是整个社会存在和发展的最后的决定力量，而劳动人民是生产力的最重要因素，因此，劳动人民是历史的创造者。作为历史的创造者，劳动群众中蕴藏着高度的智慧，在实践中不断改进施工方法和生产工具，开动脑筋研究创造发明。劳模谢家全创造了“压引放炮法”，效率提高四倍多，而使用炸药仅为标准定额的35%；劳模颜绍贵发明了“单人冲钎法”，打坚石炮眼一天最高纪录曾达到49.76米；此外还有“单轨独轮车运土”“杠杆打夯机”“自动卸土车”等创造发明。生产力大大提高，新纪录不断涌现。两年评选出劳动模范和先进生产者2.4万余人，从民工中选拔了8495人组成工程总队，以后成为我国铁路桥梁、隧道、建筑、机械施工等专业的骨干，以此为基础壮大西南铁路工程局。

由于工效提高，民工收入也随之猛增，不仅改善了民工生活，而且增加了农村集体收入。

专家坐“滑竿”

成渝铁路真正做到了“海纳百川，有容乃大”——不仅接收了国民党政府各铁路机构在西南的两千余名员工，而且在1950年初又从社会上招收了工程技术和其他专业人员，共同组成了学习大队。经过三个月的学习，分配到各单位工作。成渝铁路开工后，所需干部和各种专业人员，经中共中央西南局、西南军区、铁道部先后调来千余人。铁道部又将九龙岗机厂全建制及全部设备调给西南铁路工程局。

西南铁路工程局党委根据七届二中全会决议中指示：“我们必须把党外大多数民主人士看成和自己的干部一样。

同他们诚恳地坦白地商量和解决那些必须商量和解决的问题，给他们工作做，使他们在工作岗位上有职有权，在工作上做出成绩来。”按照党的政策，对于接收的工程技术、行政人员都分配了适当工作。这些工程技术人员，都受过高等教育（有的是留美归国的博士），他们具有专门的技术知识和强烈的事业心，对祖国真心热爱，一片赤诚日月可鉴。当这些专业人士得到了来自祖国和人民的信任，他们信心倍增，一下子变得容光焕发，大大调动了工作的激情与创造性，一头扎进了外人看来复杂枯燥，对他们而言却是“妙趣横生”的工作，对成渝铁路的建设，做出了重要贡献。

成渝铁路虽然是中华人民共和国第一条铁路，但它的勘测设计基本上是1949年前完成的，技术标准甚低，并已动工修建了部分工程，但隐患甚多，好些地方都不达标。解放后，铁道部决定将成渝铁路按照国家二级干线标准修建，凡不符合二级干线标准者则必须改变，因而施工中需变更原设计之处甚多。

1950年6月15日成渝铁路全线动工时，来不及重新复测与改线，只能采取边施工边改进的办法，这是十分艰苦、危险而又细致的工作，若有差错将很有可能“前功尽弃”。原定的成渝铁路线路是这样的：出成都后向东北行，经姚家渡、赵家渡，沿沱江经淮州镇对岸至乱石滩。按照原定计划，此段线路虽较平坦，但迂回曲折，而且中间还包括一处大塌方地段，相当危险。当时已年逾六旬的老工程师蓝田亲自多次踏勘，他不顾野外工作艰苦，坚持用双脚丈量出“更优线路”，蓝田谨慎而有把握地提出了新的改线方案。

“让铁路改个道”，很多人是将这句话当作“天方夜谭”来听的，觉得这是不可能完成的任务，但作为一个资深的优秀工程师，蓝田就是有这样的底气和勇气。蓝田提出的新方案，不仅缩短线路23.8公里、节约投资约600亿元（旧币折合新币为600万元）。而且更重要的是通车后旅客、货主的客货运费大量减少，铁路运营费、维修费用可大大降低，于国于民均有利。

此方案提出后引起极大震动，一时间众说纷纭，有说新方案绝佳的，也有说“不如旧方案平坦”的，几乎成为当年的“重磅新闻”。工地上的人们津津有味地聊“改道”的事，工地之外的人们也将此作为谈资。为此，时任局长的赵健民相当慎重，他率领专家三次察看、反复研究、多次论证，最后报请铁道部批准。

最终，蓝田让“铁路改道”从图纸变成了现实。

对蓝田工程师所做出的卓越贡献，西南军政委员会授予他西南区劳动模范的荣誉；国家授予他全国铁路劳动模范的光荣称号；他出席了全国第一次英雄模范大会，受到毛主席的亲自接见。

周世通说，说起这位著名铁道选线专家、工程师蓝田，其家族渊源便注定了他一辈子都和“铁路”有所关联。

1888年，蓝田生于四川郫县，他的父亲与兄长，当年都是保路运动的积极参加者，深知铁路对于四川的重要性，蓝田家中还保存过惩杀四川总督赵尔丰的军刀。他从1917

年即开始从事铁路工作，几十年来曾几次参加成渝铁路工程建设，又几次退出。对于一个有着纯粹理念和梦想的铁路工程师来说，还有什么比“理想照不进现实”更让人难过呢？他曾因痛心于成渝铁路寸轨未见而封存了所有的技术资料，在念佛诵经中寻觅精神寄托，以为就此虚度残生，别无他念了。邓小平修筑成渝铁路的决定，使这位年过花甲的老技术人员重新焕发了青春，内心燃起熊熊的烈火。蓝田的“重新出山”之举，不但对他个人而言，是战胜过往的坚毅选择，而且对于蜀地的铁路发展，意义重大。

再说留美铁路专家刘家熙，当年负责成渝铁路的全面技术领导。刘家熙当年可称得上是“技术通”，只要听说哪个工地上遇到技术难题，他都会立即赶去考察现状，解决问题。他明明可以留在薪酬待遇更为丰厚的美国，但他却选择了异常辛苦的报效祖国之路。当人们盛情赞扬他谢绝美国波阿铁路公司的邀请而毅然回国修铁路时，刘家熙坚定地摇摇头说道：“准确地讲，我是庚子赔款学生，就是八国联军镇压义和团起义之后又向中国勒索 4 万万 5000 万两银子的庚子赔款。每个中国人头上都要摊 1 两。这么多银子别说打造我这样一个人，就是铺一条纯银的成渝铁路也够了。花这么多学费学到的知识，能不用在国家富强上吗？”

此外，资中工务段段长陈祖堂对闪将坳一段提出了改线方案，提高了线路标准，缩短线路 2.3 公里。老工程师郭彝和资阳工务段段长谭其芳对资阳黄鳝溪一段进行了改线，避免了线路水患。这样的“技术改线”例子不胜枚举，许多知名或不知名的铁路建设者都为此做出了自己的贡献。

说起“专家坐滑竿”的故事，周世通更是如数家珍。当年，为了保护成渝铁路沿线的古迹和即将出土的文物，邓小平亲自“点将”，特派秘书前往重庆大学请来了著名学者张圣奘。二人面谈时，邓小平说：“你知道，成渝铁路已经动工了，你更清楚，四川历史悠久，又有好些皇帝在四川建过都城，古迹和地下文物很丰富。参加筑路的多是部队战士和民工，怕不识文物。若文物遭到损坏，就是我们这辈人的罪过。因此，想请你们专家到成渝铁路工地沿线寻宝，鉴别出土文物，以免文物丢失和破坏。我们还请你担任考古团长。”当时，考虑到张圣奘年事已高和蜀道难行的问题，邓小平还特意为他准备了一乘滑竿。而正是由于张圣奘的细心工作，考古团从成渝铁路资阳九曲河大桥工地基坑里发现并完好保存了“资阳人”的头盖骨化石，受到邓小平嘉奖，并轰动了整个世界，在考古学上，留下了浓墨重彩的一笔。

成渝铁路的建设，凝聚了太多人的心血与智慧、精力和创造，这条铁路，承载了太多人的铁路梦想，承载了大家的殷殷期望。在邓小平、刘伯承、贺龙和西南军政委员会的具体领导和指挥下，在广大军民的共同努力下，成渝铁路工程进展顺利。1950 年 8 月 1 日开始从重庆向西铺轨，1951 年 6 月 30 日铺至永川，12 月 6 日到内江，1952 年 1 月 26 日到资中，6 月 13 日铺轨到达终点站成都。

至此，经过 10 万多军民的努力苦战，全长 505 公里的中华人民共和国第一条由自己设计、自己建造、材料零件全部为国产的成渝铁路正式贯通。

1952年7月1日，成渝铁路通车典礼在成都和重庆两市同时举行，在通车庆典上，数以万计的人民群众站在铁轨两边，眼看扎着彩花和红绸的机车从面前经过，大家跳啊，叫啊，嗓子喊哑了，手掌拍痛了，激动得彼此抱头大哭，满脸都流淌着喜悦的泪水。为了这条铁路，大家夜以继日干革命，献出家里的宝贵木材，风餐露宿不言苦……太多的辛酸付出，历历在目，谁能遗忘？

成渝铁路的建成，结束了“蜀道难”的历史，也拉开了中华人民共和国大规模经济建设的序幕。川人从此可以昂首挺胸，结束那段“蜀地无铁路”的沮丧历史，阔步走向新的征程，迎接新的挑战。

第三节　中国第一条电气化铁路——宝成铁路

李白曾激情澎湃地吟诵："危乎高哉！蜀道之难，难于上青天！"，又说，"尔来四万八千岁，不与秦塞通人烟。"可见"蜀地"与"秦塞"，是渴望能打破壁垒，有所相通、彼此联系的，在漫漫历史长河中无法实现却又急切渴盼的梦想，到了人民翻身做主人这一天，终于能将蓝图变为现实了。

中华人民共和国成立后，修建铁路成为民心所向——正是要打破这"秦塞"与蜀地的隔阻，不但能"通人烟"，而且还要实现四川盆地与外界经济、文化、信息各方面的大交流、大融合。这是向“蜀道难”下的一道庄严战书，又是要将“历史上的不可能”变为“可能”。宝成铁路，无畏山川之险，终于穿破历史迷雾，向我们翩翩走来。

宝成铁路是一条连接西北地区和西南地区的交通动脉，是我国第一条电气化铁路，也是我国第一条工程艰巨的铁路。这条铁路的建成，改变了“蜀道难”的局面，为发展西南地区经济建设创造了重要条件。它北起宝鸡站，南止成都站，全长669千米，途经陕西省、甘肃省、四川省。

“天成”变“宝成”

有关宝成铁路的建设，可谓是一波三折，好事多磨。早在1913年，北京政府就开动脑筋，拟在平（北平）汉（口）铁路以西修筑一条南北干线，以接通黄河上游与长江上游的铁路交通，倡议修建大同至成都铁路，即同成铁路。随后二十多年时间里，政府又提出了天水到成都的线路提案，但都因工程艰巨而搁置下来。这一搁置，仿佛就将方案放在了“被遗忘的角落”，让川人的铁路梦又成为水中泡影，空等空盼，光阴荏苒，不见希望曙光。

到了1936年，事情仿佛又出现了一点转机：陇海铁路西段工程局对秦岭一线进行了勘测，并提出两条可供修筑的线路：一是宝鸡至略阳，即今天的宝成线；另一个则是天水至略阳的线路。但再实地考量地理环境，发现川陕沿途江河纵横，地形复杂，再加上当时内忧外患的大环境，青白江独特口岸优势的形成、物流业的崛起，与川化、攀成钢等老工业企业血脉相连。青白江建区伊始，伴随着攀成钢和川化铁路专用线的延伸，不仅支撑了两大国企的发展，还盘活了青白江相关上下游产业的发展。铁路线是青白江的优势所在，转型并不代表完全割裂过去，而是“站在巨人的肩头，展望世界”。

内陆老工业基地要实现华丽“变脸”，并非空穴来风，而是响应时代的号角，继承过往的优势，“时势造就英雄”。

---

1. 贾燕妮 . 从四川成都青白江区看西部城市工业区如何实现生态保护和工业发展并举 . http://www.cdepb.gov.cn/cdepbws/Web/Template/GovDefaultInfo.aspx?cid=328&aid=5216. 中国环境报
2. 青白江“变”出来的生态之城 . http://news.163.com/09/1027/06/5MK33H7M000120GR.html. 成都晚报
3. 王怀、张守帅、陈碧红 . 青白江：老工业基地转型发展 在历时关口的转身 . http://scnews.newssc.org/system/20150518/000564686.html. 四川日报
4. “8 市 1 区”领跑 四川老工业区将搬迁改造 .http://sc.sina.com.cn/news/m/2014-10-09/detail-ianfzhne6364818.shtml. 华西都市报
5. 台商 6 万吨电子级无碱纤维丝及布项目落户成都 . http://finance.ifeng.com/roll/20100907/2596932.shtml. 中国新闻网

第三节　国际物流中心诞生记

2013年，国家提出“一带一路”倡议，倡导共同建设“丝绸之路经济带”和“21世纪海上丝绸之路”。作为久负盛名的南丝绸之路的起点，成都深入贯彻落实“一带一路”倡议，依托亚欧物流大通道，积极抢抓国家中心城市建设机遇，奋力打造贯通欧亚、通江达海的“一带一路”大走廊，而这个战略的实施，就落脚于青白江的“中欧班列”。

与物流园区零距离的老百姓

马家龙是城厢镇马鞍社区的书记，回族人，个子高高大大，说话前唇角先堆一朵笑容，是个非常有亲和力的乡镇干部。他说自己任马鞍社区的书记是2005年的事。那年，原有的星星村和马鞍村合并，成立新的“马鞍社区”，他高票当选，在社区任职直到现在。说起青白江当今脍炙人口的“国际物流中心”标签，马家龙咂咂嘴，眼睛亮亮地说：“想不到想不到，当时哪想得到我们发展会这么快，改变会这么大？”

回望往事，马家龙娓娓道来。

大概在2008年三四月份吧，就听到上面在提，说青白江要修一个“物流中心站”，选址就在城厢镇。马家龙爱学习，平时就算再忙也要读书看报，自然了解的信息就比普通老百姓更多。当他知道亚洲最大的铁路集装箱中心选择落户青白江，作为一个青白江人，他内心的激动可称得上是波涛汹涌。“从选址到最终落户，并在2008年7月正式开工建设，这不是区区几个人的胜利，而是团队合作的大胜利，靠的是省、市各级相关部门的全力支持和大力配合，若仅仅只靠青白江自己的力量，那是远远不够的。”喝口热茶，马家龙接着说。

为了这个项目，省发改委、省国土资源厅、省环保局、市发改委、市国土局、市规划局、市交委、市环保局、市物流办、市交投集团……马家龙都数不清省、市各级相关部门到底开了多少次协调会，看了多少次现场，跑了多少次北京了。这个项目是所有关心四川物流、成都物流建设的人共同关心、支持的重大项目，是对四川、对成都建设区域物流中心，推动经济发展具有重要意义的重大项目，正是在强大的“团队合作”之下，中国最大的铁路物流中心才能抢先崛起在成都，崛起于青白江。

当时，马家龙所在的马鞍社区要配合搞拆迁工作，涉及面积达2.5平方公里，受影响的村民小组有17个，多达3500余人，有汉族，还有回族。要怎样来做拆迁工作呢？马家龙说他们用的是“坝坝筵”法子来和百姓“相互通气”。拆迁最怕遇到什么事？头等大事就是“拔钉子”，除去真的有极少部分人是心存贪念去当“钉子户”，好些老百姓并不是主观意愿要当“钉子户”，而是因为政策不对等，他们接收的有用讯息太少，所以别有用心的人一煽动，一说自己这里掌握了“独家机密”，就把那些善良的老百姓给唬住了。而“坝坝筵”就坚决杜绝了煽风点火者散播谣言，将一切讯息都透明化、大众化了。

那时，在一个村组，由组上出钱，召集全组的人共同参加，大家热热闹闹吃一顿农村喜庆的“坝坝筵”。在开饭前，拆迁组的同志先讲话，给大家宣传拆迁的相关政策，然后请大家随时提问题，有什么不懂的，当场提问当场解答，是否公平公正，那么多人都听到看到的，这就让老百姓很服气，也很接受这样如沐春风的宣传方式。

当时的16组，正好位于现在“物流中心站”的位置上，共有60多户人，老百姓对拆迁政策相当支持，有些老百姓，晚上到了八九点都还不让拆迁组走，说“我明天还要上班，请先去帮我家看了，登记了吧。”说到这儿，马家龙幸福地笑了笑，他也打心眼觉得青白江的老百姓是特别好的老百姓，他们知政策，明事理。不过，老百姓有再高的觉悟，搞拆迁工作还是“压力山大”，马家龙略略低一低头，指着自己稀疏的额顶诉苦道：“你们看这儿头发是不是都快掉光了？跟你们说嘛，我以前头发好得很，就是做这个拆迁工作，压力大，连续一段时间白天累得要命，晚上还常常睡不着，头发大把大把掉，现在几年过去了，愣是没长出来！”

马家龙虽然不满意自己前额掉头发，但一说起拆迁来，他就一千一万个赞成，而且，他强调道：“老百姓都个顶个地赞成。”当然要赞成啊，想当初，2005年，马鞍村和星星村两村刚合并时，马家龙书记遇到下雨天去村里巡查村务，他得把鞋脱了拎在手上，打赤脚趟泥水行路，回家先冲洗过脚上的污泥才穿鞋。他那时“脱鞋巡村”，老百姓看见了，就冲他抱怨道，说马书记，这烂路你又不是天天走，你走一次两次三次可以脱鞋，我们要天天走，难不成每天都要打光脚板？政府到底好久给我们修路，帮我们补沟？

老百姓的需求，其实很简单，要生存得有质量，能有发展机会，便会感到沉甸甸的幸福了。所以，当大家晓得要在城厢镇建立“成都铁路集装箱中心站”时，他们几乎是喜形于色地奔走相告：这下好了，国家要来把路修得巴巴适适的！在该中心站规划时，马家龙就知道，建成之后，不仅成德绵区域内的集装箱将全部到这里进行发送，甚至整个中西部地区的集装箱也将纷纷前往青白江搭乘这趟通往沿海口岸城市耗时最短的“快车”。

依托铁路集装箱中心站的建设，青白江规划了成都国际集装箱物流园区；同时，依托成都铁路局大弯货站，又同步规划了成都青白江散货物流园区，在此基础上形成了中国西部铁路物流中心。

陪同采访的青白江区委宣传部袁副部长介绍说：当年，铁路集装箱中心站选择青白江，自有它的缘由。青白江区物流具有政策、区位、产业、资源、市场布局、生态环境六大优势，再加上一流的投资软环境，中心站最终落户青白江算得上是“实至名归”。

2008 年 7 月 3 日，在青白江城厢镇，成都市地震灾后第一个重大交通基础设施项目——成都铁路集装箱中心站——正式破土动工了。

今年已六十出头的张中德，之前是城厢镇星星村的老支部书记，政治觉悟高，群众基础好，在 2008 年拆迁，两村合并成立社区时他已经没当书记了，但一听说这是对整个青白江发展都有好处的大事，便第一个站出来支持拆迁办的工作。他谦虚地说：“不管怎么说，我就算没当书记了，总还是党员吧，党员就是要起带头作用才行！”当时张中德所在村民小组的坝坝筵，就是在他家吃的。他还帮着拆迁办和社区的工作人员，对村民宣讲政策，做通大家的思想工作。

在拆迁时，张中德一家算下来能得到近二十万元的补偿，他那时就动脑筋想啊，家里只养了一个独生女儿，现在女儿在青白江工作，家也安在青白江，城厢镇这儿，平时就他和老伴两个人，老两口离不开土地，又快六十岁的人了，没啥技能，就算出去打工干粗活，人家看他们年龄大了，未必要他们，未来还长，养老路漫漫，总得为将来买个保障吧？于是，张中德和老伴商量，说想买个商铺，到时租出去，他们就每月收租金，总比捏着一笔安置费，坐吃山空要好。老伴一听也不错，有个铺面在那儿，不管怎么说，也是属于自家的“产业”了，他们年纪大了，不懂打理，租出去让别人做生意，每月能收几百元回来，收上许多年，将本金收够了，那铺面就算是净赚的了。

于是，张中德借了些债，凑够三十一万，买了一个铺面。他真的没想到，现在的青白江城厢镇，和十年前完全是两个概念，之前他们老两口要“麻起胆子”才敢想一个月铺面租金收几百元，结果现在一个月有三千多租金！加上拆迁后，国家给他们统一买了社保，现在老两口一个月的养老金加一起能拿三千左右，这样每个月都有六千的收入！想起现在的好日子，张中德便乐得咧开大嘴。他说那时大家怎么会对拆迁不积极嘛？都晓得国家是对我们好，我们共产党的宗旨就是为人民服务得嘛，为青白江人民做好事得嘛！拿到补偿款后，有些年轻人就去买车，拉货赚钱自己给自己打工；有些去创业，赶上了这儿发展的好时机，这几年也做成了小有成就的老板；有些人就直接在物流园或者铁路港上班就业，从农民变成了有工作的职工，就算再不济的，不懂投资的上了年纪的老百姓，他们现在每个月能领到按时发放的社保养老金，哪个不说现在日子好过？

马家龙连连点头，赞同张中德说得太对了，事实就是如此。他举例说明，自从 2005 年合村后，他这个书记更像是“灭火队长”，每个月至少要调解好几起家庭纠纷，现在呢，好几个月都遇不到一个居民来社区告状了。为啥？就是大家经济条件好了，家里矛盾自然少了。之前家里老人没有社保，年龄大了，做不动活路了，遇到孝顺一点的儿女，还会赡养老人，但这赡养，也并不像“想象中那么美”。

有个老大爷，他儿子是飞机师，在十多年前就已经能月赚两三万，算是非常高的工资了。但儿子赚得再多，小家庭开支也不小啊，儿子和媳妇看到身边朋友同事都住大房子开好车，人都有一点攀比心理，自己也不甘落后。于是，这家儿子就和父亲约定好，每个月给父亲 400 元生活费，对于农村的父亲来说，400 元也算得上一个“能说出口的赡养数目”，说出去还要惹左邻右舍羡慕的。但有次儿子工作忙，就忘记给父亲寄钱，父亲眼巴巴等了几天，实在等不了啦，便打算去趟城里看儿子，顺便也提下赡养费的事。结果不巧，父亲到儿子家时，刚好儿子没在，儿媳一个人在家，有点惊讶地问公公是不是有什么事。公公哪里好意思和媳妇张口要钱呢？于是忸怩了半天，这话含在喉咙里也说不出口。最后，还是媳妇反应过来，要摸钱给父亲带回去，但摸了半天，将身上和坤包里的钱都倒出来凑了凑，也只有180元现金。这位老父亲，只好一脸羞惭地带着这媳妇凑的180元回青白江了。这个真实发生的故事，现在已属“老皇历”，因为老人现在每个月养老金都能拿到一千多元。老人有了社保，腰板挺得更硬更直了！

这点，张中德就深有体会，他现在每天日子过得优哉游哉，早上买了菜，还要去公园坐坐，喝杯清茶，与别的老人一起聊聊天，摆摆龙门阵，偶尔打下小牌娱乐一下，日子过得赛似神仙。张中德敢这么悠闲自在，就因为他有社保撑腰，有铺面壮胆，所以，他将“退休小日子”打理得井井有条，快快乐乐。

马鞍社区的退伍军人庄华龙，之前在成都市成华区龙潭寺镇开搅拌车，在工地上干活。那时虽一个月赚三千多，但离家数十里常常置身“灰尘扑面”的工作环境。现在他就在家门口就业，每月月薪能翻倍。这也要感谢青白江这个“国际物流中心”的位置确立，吸引了大批国内外商家入驻。电商界的翘楚京东，更是在港区内建有自己的货物仓库，庄华龙现在是京东货车的快递司机。前段时间他跑泸州，现在跑雅安。他主要跑夜车，一般晚上十一二点出车，第二天中午卸完货再返回，问及这种长期上夜班是否辛苦，长相憨厚的庄华龙微微一笑，他说习惯了，之前在西藏当兵11年，干的就是汽车兵的活儿，他早就锻炼了一身过硬本领，如果需要养精神时，在高速公路休息站给他五分钟就能打个盹，然后精神抖擞地继续开车前行。

庄华龙对现在回青白江就业感到很满意，之前他在龙潭寺，每天回家，路上都要耽搁个把小时，妻子罗小燕偶尔也会埋怨他，说他对孩子管得不够细致，不是“一百分老爸”；现在他就在家门口上班，工资多了，自由时间也多了，对家庭照顾更多了，这也是青白江巨变带给他的红利。而罗小燕现在在自贸区的龙潭村上班，担任村上的网格管理员。对这份工作，罗小燕也十分喜欢，很能胜任，她和无数青白江人一样，为能将家乡建设得更美好，尽自己一份绵薄，感到由衷的快乐。在城厢镇马鞍社区采访完，庄龙华开着他的私家小轿车将我们送回成都国际铁路港。路上，他说十几年前的话，想都不敢想有一天还会开上自己的私家车哦！掉头离去时，透过车窗玻璃，我分明看到庄师傅的脸上挂着幸福的微笑。

这是青白江华丽“变脸”带给大家的大福利、真快乐。

绿皮火车出国啦？

“蓉欧铁路这个项目并不是突发奇想，而是多年积累所萌发的构想。早些年已经有一些欧洲国家的商人来到成都，探讨开通铁路运输的可能性。”陪同采访的成都市文联文学处长兼市作协秘书长代兵说。2013 年，党和国家领导人提出建设“新丝绸之路经济带”和“21 世纪海上丝绸之路”重大倡议的同一年，成都市委市政府看到了机遇，并把握住了机遇。成都开始加快构建航空、铁路等骨干国际物流网络，筹备运营直达货运欧洲的国际铁路货运班列——中欧班列。

成都市国际铁路港的党工委书记何正海告诉笔者说：我们中欧班列运营团队的工作人员，在“组队伊始”的两年间，几乎都是“白＋黑”“5+2”地过日子。每天早上一睁眼就得查阅资料，与外国人洽谈包括合作方案、运营方案、班列线路、市场策略等方面一系列的问题，往往到了凌晨还在奋力工作。

最开始的两年是最难的，难点不在于铁路的修建，铁路都是现成的，而在于不同国家之报关标准的不一致、铁路轨道规格的不同、文化差异导致的交流障碍、时差等一系列现实问题，都需要一遍遍调试和沟通。

而在运营铁路的公司选取上，如何平衡政府引导与市场化发展也是纠结的难点。起初，中外合资成都亚欧班列物流有限公司负责按照市场化模式提供全程物流服务，即便有部分政府补贴，也依旧无法盈利。成都在下一盘事关整个城市乃至周边区域的经济大棋，而布局需要时间。

新建立的成都国际铁路班列有限公司承担起了接下来的使命，这家成都工业投资集团有限公司下属投资的子公司考虑更多的是成都的“两港三网”和“蓉欧＋”战略计划。这意味着要打造成都国际空港和国际铁路港，拓展国际国内陆上物流网、空中物流网和空中人流网，带动贸易发展、服务业提升、产业聚集和国际产能合作，而不仅仅是运营一条简单的铁路。

姚开玮，作为中欧班列运转参与者之一，或许是最早接触中欧班列这个概念的人之一。2012 年的一天，任职于某物流公司的他接到了一个艰巨的任务：对开通成都到欧洲集装箱国际货运班列进行调研。彼时他的主要工作是与航空、船运公司进行物流上的业务往来，而对于铁路却知之甚少。

姚开玮自言自己一直是个不安分的人，总梦想着做一些不同寻常的事。大学毕业后，他先是修了几年飞机，感觉这个工作不太适合自己，便辞职跑去非洲卖矿。国外那三年，独在异乡为异客，他又分外想家。于是，他回国重新求职，走进了一家物流公司。

2012 年，姚开玮对铁路的认识还停留在绿皮火车阶段，想不到，咱们国家的火车已经步入国际运输了！这可真是“眼睛一睁，嫦娥飞天”的速度啊！

刚接到这个项目时，姚开玮感到两眼一抹黑，但是任务艰巨，只能说干就干，他是硬着头皮顶上去的。一开始，心里也虚得很，一点儿底都没有。

姚开玮采取了最“笨”的办法，他开始查阅大量资料，疯狂“补课”，拟作各种方案，和国外合作伙伴洽谈沟通。那段时间，每天早上一睁眼便和一堆外国人洽谈，从早上一直讨论到半夜，甚至直到第二天清晨，有时夜里说梦话，都是叽里咕噜的外语，一串串往外冒。从合作方案到运营方案，从班列线路到市场策略，事无巨细，逼着他在短时期内要掌握各方面知识，成为专家。说实话，当时他感到特别迷茫和怀疑，心里也一直没放弃这个最初的嘀咕：“这绿皮火车怎么就出国了呢？”

2013年，成都抓住新一轮产业转移的机遇，加快构建航空、铁路等骨干国际物流网络，筹备运营直达欧洲的国际铁路货运班列——中欧班列。那一年，姚开玮结婚了，但来不及度蜜月，就被抽调进中欧班列运营团队。他在成都青白江现代物流大厦16楼那间10多平方米的办公室里，有几台打印机和几台电脑，办公室中间放着一张大方桌，剩下的，就是各种资料单铺满整个房间，几乎没有地方下脚。

团队搭建初期，中欧班列运营团队里人手不够，每个人都是“多面手”，身兼数职。联系货物、协调客户、铁路部门沟通、协调合作伙伴……样样工作都是“提得起，放得下”。而姚开玮也是现场工作一手挑：接货、制单、报关、装箱……这些细碎且严谨的工作任务感觉怎么做也做不完；思考操作流程，每一处细节都要反复思量，每一个时间节点都要保证完美对接，再加上沟通不畅、经验不足，事事都要从头学习。他们最忙的时候，根本没时间下楼吃饭，只能饿着肚子等其他同事从城里面送吃的过来。遇到城里堵车，同事在车上急得要死，这些“嗷嗷待哺”的办公室留守人士腹鸣如鼓，还得强打精神努力工作，就这样不知过了多少个通宵达旦的日子。

2013年4月26日，姚开玮所在的团队接连熬了三个通宵，第一班中欧班列终于开动，“轰隆、轰隆、轰隆……”大家屏气驻足，眼睛都舍不得眨一下，目送列车渐渐消失在远方。这列“出国火车”到底能不能顺利抵达？所有货物能否安全运送到客户手中？姚开玮之前以为，只要等中欧班列开走了，他一定能蒙上脑袋，美美睡个自然醒，但现在他紧张得如同古代“送儿出征”的老妇，恨不能一天跑到村口等上数十次，望眼欲穿地等待远方孩儿的消息。牵肠挂肚的感觉太不好受，比之前劳累加班还令姚开玮夜不能寐。

经过14天的忐忑等待，这班列车成功到达波兰，客户顺利把货物提走，一切都很顺当。

获知这一消息，他才真正松了一口气，感慨万千，因为这不仅是他人生当中的里程碑，也是成都历史上的一个里程碑：作为向西开放和共建“一带一路”的重要通道之一，中欧班列一头连接中国西部经济总量最大的省会城市四川成都，一头对接欧洲大陆新兴的交通枢纽波兰罗兹。中欧班列正逐步改变着成都产业发展的轨迹，提升了世界500强布局成都的信心。

之后，姚开玮的生活就围绕着这班火车转：星期一到星期三收货，星期四集结全部货物进海关，星期五报关、转关，星期六出发。一星期当中，最难的是星期四，他必须通宵制作铁路运单。中欧班列一列班车总共有41个集装箱，途经5个国家，运单不能出丝毫差错，不然就可能面临扣货等麻烦。制作一张运单需20分钟左右，41张单子需800多分钟。

最让姚开玮崩溃的一次，是某次凌晨1点了，才收到从欧洲传回的运单信息，可当天早上9点就要上交货单，时间紧得要人命，偏偏那天打印机还出了问题。早上7点，他像个疯子一样，冲到青白江城区，挨个敲门，前面几个打印店，店里没有宿人，每多敲一个“空门”，姚开玮的心脏仿佛都往下坠一分。

时间不等人，他急得口干舌燥手指微颤，幸运的是，在敲到第八家打印店时，终于遇到“驻店店主”，他急急的打门声将店主从睡梦中叫醒，打着呵欠赶紧为他打印好运单。等姚开玮将运单在规定时间顺利上交后，他累得一屁股坐在椅子上，半天不想动弹。他脑门上结着一层白白的“盐霜”，这不仅是“跑出来”，更是“急出来”的汗。

多年来，每当他回忆起那一天清晨的事，都能激出一身冷汗。如果那天运单出错，整个列车班次都可能面临停滞，这样的后果，是姚开玮无论如何无力承受的，连想一想都会让他如芒刺在背，坐立难安。

工作如此辛苦，责任这般重大，姚开玮却很欣慰。他说，自己作为成都国际铁路港的建设参与者之一，有机会看到成都能在这新的发展时代搭上历史的车轮，搭上“一带一路”建设的春风，为家乡的发展做出自己微薄的努力，这已足够慰藉内心，不虚此生。

青白江的代名词

当年，为给川化和攀成钢两大龙头企业提供运输配套，青白江建设了密集的铁路专线。如今，这些铁路成了深处内陆的青白江得以拥抱“开放红利”的最大优势。2013 年

4月26日的第一辆中欧班列满载货物从青白江驶向波兰罗兹，从此拉开了成都国际铁路港建设的大幕，也成为成都深度融入国家“一带一路”建设的重要窗口。目前，青白江至罗兹的单程运输时间仅为10.5天，是国内效率最高的中欧班列之一。中欧班列的特色在于，这是国内直达欧洲时间最短、最早承诺定期开行且冬季不停运、率先采用全程EDI电子通关的中欧班列。[1]时间是海铁联运方式的三分之一，运输价格是空运的四分之一。借力通道建设，青白江区的产能转移已开辟出新局面。

成都国际铁路港的建设直接推动了青白江产业的重构与升级。近年来，以成都国际铁路港为“吸盘”，青白江迅速吸引了电商物流、新材料、智能装备、旅游等产业约800亿元的投资，成为快速消化分流职工、重新筑牢经济增长“底盘”的重要支撑。

物流，已悄然成为青白江的“新秀产业”。

走进位于青白江区成都国际集装箱物流园区文传西部文化物流配送基地，仿佛进入了一个大型图书馆，令人肃然起敬。密密的书架上，各类书籍分类整齐摆放着，22岁的员工李萱正在对照电脑上的单子分选、送入传送带，再由另一端的工友包装、贴上标签，安排发货。“现在全国各地的书都从我们这里发，你看这个武汉的订单，最多两天就到了！”

文传物流是新华文轩出版传媒股份有限公司旗下全资子公司。据公司负责人介绍，自从电子商务崛起以来，他们就感觉到巨大的冲击，并一直在顺应趋势谋求转型。而青白江区西部铁路物流中心的打造恰好为其整个西南的电商物流布局提供了最好的基础。按照规划，文传物流项目总投资 9.6 亿元，将打造集出版物、文化商品、电子数码产品等仓储包装配送、信息咨询服务、集装箱物流、运输管理、人工装卸服务、货运代理为一体的综合型现代化文化物流企业。“我们希望抓住物流发展的新机遇，依托强大的专业队伍，借助体制优势、人才优势和网络优势，致力于在文化物流领域开辟一条新路径。”公司负责人极富信心地表示。

在近 7000 亩的攀钢成都公司厂区土地上，一个名为“积微”的智慧产业园正迅速崛起。攀钢集团的转型企业——积微物联，自 2015 年 7 月上线积微物联网以来，在线交易额由不到 10 亿元爆发式增长到 2016 年底的 400 多亿元，成为西南最大的钢铁电商交易平台之一。[2]

在即时更新的积微物联网上，我们可以切实感受到现代科技的力量，物流承运商通过下载积微物联网络 APP，就可以像“滴滴”司机一样抢单运货。“年底解决保险问题后，个体货车司机也能上线随时抢单了。”该公司副总经理陈志强踌躇满志地微笑着说道，“虽然我们是攀钢集团全资子公司，但完全独立市场化运营，攀钢集团就是我们的一个 VIP 客户。”

2015 年 9 月，全球最大物流地产商美国安博物流公司签约落户青白江，该项目总投资 1.32 亿美元，建设现代物流仓储中心，打造成都现代物流仓储行业的标杆。“我们看中的是青白江的物流口岸优势。这个项目将致力于提高物流运营效率和成本优势，打造成都地区现代物流仓储行业的标杆。[3]”安博相关负责人说道。作为全球最大的工业和物流基础设施提供商和运营商，安博拥有卓越的专业项目建造、物业管理和资产管理能力，青白江是四川融入“一带一路”的战略窗口，双方合作，对于加快“国际铁路港”建设，激活成都的外贸发展潜力意义重大。

青白江区目前拥有西部地区最完善的铁路货运设施体系，并建成亚洲最大的成都铁路集装箱中心站。自2013年以来，西部铁路物流中心已开通至波兰罗兹、中亚五国，和上海、广州、深圳、武汉、泸州、万州等地的铁路集装箱“五定（定点、定线、定车次、定时、定价）班列”，已全方位打通新丝绸之路经济带与长江流域经济带的铁水、铁海、公铁多式联运通道。以中心站为圆点，向西，通过中欧班列的承载，货物可实现十天半无障碍通关直达波兰罗兹，并在1～3天内转运至欧洲各地；向北，通过中亚班列，可实现9～10天直通哈萨克斯坦等中亚五国；向南，通过与广西钦州港的海铁联运，可直抵东盟各国，抢占与东盟自由贸易区的市场先机，沟通南北、连接东西、通江达海的内陆港初步形成。

诸如戴尔、TCL等公司纷纷算起了“经济账”。大本营在广东的TCL公司成立了成都分公司，将来自广东的电视机元件组装成半成品，经由中欧班列运往位于波兰的分公司，在波兰加工成成品后，依托欧洲的交通网将产品销往欧洲各处。

除了大家耳熟能详的进口汽车、电子产品等企业外，一些家具生产商正在依托中欧班列与俄罗斯木材供应商洽谈合作事宜，而一些卫浴品牌则思忖起了依托中欧班列进口欧洲产品的可能性。

贸易合作机会不仅存在于国内货物的“走出去”，还存在于国外货物的“运进来”。中欧班列2016年成功完成路虎、宾利、宝马汽车5批次92辆整车进口，改写了成都整车进口依靠海运港口的历史，使成都成为中国西部平行进口车业务和国内中转的“新码头”，也为无数“进口车未来车主”带来了莫大福利。

近年来，成都大力推进物流大通道建设，带给物流企业的是商机，带给青白江的则是融入“一带一路”国家倡议、构建菱形经济圈的长远未来。现在，中欧班列可以将东部地区的优质产品运往欧洲，我们的市场在不断地延伸，国际国内物流通道实现互联互通，城市的前景也更加看好。

青白江区原区委宣传部副部长李顺治自豪地说：你看我们现在的青白江已深深地打上了中国西部物流中心的品牌烙印，随着蓉欧铁路的飞跃式发展，一个崭新的国际物流中心正在华丽诞生。我们有理由去大胆设想，若干年以后，物流之于青白江，也许就像今天的陶瓷之于景德镇，让人“一提即知晓，一念明优长，一知永难忘”。

1. 张文扬 . 寻访一带一路：那条通往欧洲的铁路 . http://opinion.jrj.com.cn/2017/05/14071122474578.shtml. 经济观察报

2. 丛峰、叶含勇 . 一个老工业基地“去”与“补”的辩证法 . http://www.sohu.com/a/129091979_371533. 新华社

3. 陈泳 . 青白江：再揽 31.22 亿元 10 个重大项目签约落户 . http://www.cdrb.com.cn/html/2015-09/22/content_2241823.htm. 成都日报

第四节　大美青白江

青白江区新闻中心刘有贵，1964年9月13日出生在青白江区清泉镇永顺村7组，他是地地道道的青白江土著。谈起今天的大美青白江时，他一脸兴奋地说：曾经的青白江，马达运转，机器轰鸣，空气中弥漫着一股久久不散的化工味道，还有人毫不客气地批评，说那儿整天都是“天发黄，水发臭”。但如今，再走入咱崭新的青白江，迎接我们的，却是蓝天、绿水、清新空气、平整路面。一路上都有景观绿化带相伴，一棵又一棵大树密密匝匝地为城市撑起绿伞，街角、广场、居民大院外，到处都是错落有致的观景小游园。艾拉斯姆桥、里亚托桥……十多座极具异域风情的景观天桥串联起10公里长的城市生态绿廊。每到傍晚，上万的市民便和几千只白鹭等鸟儿和谐相处，踏歌而舞，草绿花红，晚霞映天。这里是青白江吗？

有人说，仿佛到了欧洲小镇呀。

另一位青白江土著打趣道：到了这里，外国人觉得是回家了，中国人觉得是出国了。

今日的青白江，已经和旧观念、老皇历里那个“灰头土脸”的形象不可同日而语了，它已经完成了可喜的“变脸”。

青白江的颜值担当

青白江区关心下一代工作委员会执行主任涂忠模先生，长期在青白江工作，从区委党委、统战部长领导岗位退下来后也一直长住在青白江。他说，原来想退休后搬到外面去住，现在青白江治理好了，哪用得着呢？现在外面的朋友好多还到青白江来安家呢。一到春天，很多朋友都邀约着来青白江凤凰湖湿地公园看樱花，大家已经将凤凰湖樱花视作了如今青白江的“颜值担当”。凤凰湖畔好风光，春赏樱，夏观莲，秋品菊花，冬伴梅。两万株樱花，迎春绽放，迎风摇曳，沐浴在明媚的春光中，如云似霞，袭人欲醉……美丽的凤凰湖，好一片花的海洋，漾着花海的片片涟漪。

2014年，青白江樱花节上一位年仅4岁的樱花小萝莉果果地古装照在网络上曝光后迅速走红，并且获得“樱花小萝莉”称号。当时，樱花盛开，凤凰湖畔游客如织，樱花节会场忽然来了一位身着粉色古装的小萝莉，立即吸引了在场游客的目光。小姑娘大大的眼睛、天真的表情，时而在樱花树下玩耍，时而累了坐地休息的可爱模样，让许多网友大呼：“我也想生个这样的女儿！”“太萌了！好想摸摸她的头啊！”

樱花小萝莉果果素颜照随即也被曝光，长相超萌可爱，身着粉色齐胸襦裙的她，犹如“穿越”而来的古代小公主，竟与凤凰湖樱花相映成趣，美得自然天成。果果的妈妈说，完全没想到带着女儿来凤凰湖游玩、拍照、看樱花、感受樱花节的热闹氛围，竟会无意间让果果“网红”了一把。

说起这凤凰湖生态湿地公园，距成都市中心城区约17公里，环境优美，交通便捷，是成都市龙门山、龙泉山生态旅游综合功能区的重要组成部分，也是集生态、休闲、观光、度假为一体的开放式城市湿地公园。

近年来，青白江持续加强生态文明建设，对凤凰湖进行了一系列改造，目前，公园面积已达2040亩，其中水域面积700余亩，占总面积的34%。湿地特性明显，园内栽种有10万余株优良园林树种，铺植草坪约22万平方米，城市“绿肺”效应日益凸显，先后被评为“四川省最美花卉提名地”、《成都日报》“首届成都区域旅游百姓推荐最具潜力人气景区”“成都喜事十佳婚纱摄影盛景”。

现在，日本不再是川人赏樱的最佳选择。因为在青白江凤凰湖公园，一样可以看到各种各样的灿烂樱花。据涂忠模先生介绍，园内樱花种类多样，包括普贤象、日本晚樱、日本早樱、大山樱、云南樱花、山樱花、毛樱花、重瓣白樱花、重瓣红樱花、白樱花、丽樱花、垂枝樱花等品种。当樱花到了开放季，红的、粉的、绿的、白的，颜色多样，风格各异，甚是好看。

在众多樱花品种中，最特别的要数“御衣黄”，这种来自日本罕见的樱花品种，与其他品种不同的是，“御衣黄”的花朵较大，大小近5厘米，花瓣30～50片，花色淡黄绿色，开放后期中心部会变红。开放初期，它的花朵呈现淡绿的颜色，远看和叶片颜色相近，整棵树仿佛都开满绿色之花，充满春的气息。

每年春天，凤凰湖畔樱花竞相绽放，吸引着成千上万的游客纷至沓来。凤凰湖樱花节已成为代表青白江旅游形象的靓丽名片，让人仿若再见“花重锦官城”的盛景，被誉为春天里天府之国的“颜值担当”。

樱花节已经连续举办了好几年，而在2017年的樱花节上，除了赏花外，还有多个“可玩之处”。游客可以在哥特广场购买到原装正宗的欧洲进口商品；近距离了解来自国际铁路港的平行进口豪车；欣赏“一带一路”主题花雕；还可去丹枫白露买到“一带一路”沿线国家的文创工艺品等；逛累了的话，可以在湖畔草坪、树荫间铺上餐布，三五好友斗斗地主、分享美味熟食，享受野餐的乐趣；当然还可以去位于樱花大道不远处的樱花美食汇一饱口福。赏樱路途中，说不定还能和“樱漫凤凰湖”Cosplay嘉年华活动的

coser 们来一场跨次元的相遇；除此之外，景区还特别设置了萌宠劝导员——羊驼，萌萌的羊驼通过傲娇的表情和蠢萌的“劝导语”，在引导大家自觉文明赏花的同时，还希望把天真快乐的好心情带给每一位游客。

而今，每逢周末、节假日，呼朋唤友到凤凰湖休闲，让见惯钢筋水泥的眼睛撒欢，让呼吸在清新的空气中自由自在，已成为成都人的一大休憩选择。

自贸区火了青白江

2017 年 4 月 1 日上午 9 点，中国（四川）自由贸易试验区揭牌仪式暨建设动员大会在成都举行，四川自贸试验区实施范围 119.99 平方公里，涵盖三个片区，其中，成都天府新区片区 90.32 平方公里（含成都高新综合保税区 4 平方公里、成都空港保税物流中心（B 型〕) 0.09 平方公里了，成都青白江铁路港片区 9.68 平方公里（含成都铁路保税物流中心（B 型）0.18 平方公里了），川南临港片区 19.99 平方公里（含泸州港保税物流中心（B 型 00.21 平方公里）。[1]

自贸区来了，青白江人很激动，那么，自贸区到底是指什么呢？四川那么大，为什么又特别青睐青白江呢？作为一个新闻人，青白江区新闻中心副主任刘有贵觉得自己有必要先搞明白，于是他到处收集查找资料．那一天，他忙得只吃了一顿饭。先要弄明白什么是自贸区。传统自贸区（FTZ），是指在国境内关外设立的，以优惠税收和海关特殊监管政策为主要手段，以贸易自由化、便利化为主要目的的多功能经济性特区。其核心是营造一个符合国际惯例的，对内外资的投资都要具有国际竞争力的国际商业环境。一般需要进行围网隔离，且对境外入区货物的关税实施免税或保税。

中国自由贸易试验区是一种新型的自由贸易园区，它不同于传统自由贸易园区的政策洼地属性，而是更加强调制度创新。“试验”二字突出了其特殊的“试验田”作用，紧紧围绕并适应国内开放环境以及国际经贸规则变迁，突出制度创新功能。

2016 年国务院决定新设立的七个自贸试验区中，四川内陆自贸试验区不负众望得以设立，最为亮眼。作为西部开放高地、交通枢纽和国际辐射中心的成都则当仁不让地成为四川自贸区建设的核心。

再说四川自贸试验区为什么会选择青白江？青白江作为“蓉欧 +”战略核心，紧扣成都建设国家中心城市目标，以国际铁路港、智慧产业城为抓手，全面深入实施“蓉欧 +”战略，着力打造“蓉欧 +”战略示范区、成德绵综合创新改革先行区、四川内陆自贸区核心极，建设开放型国际化新青白江。

成都是中国航空第四城，72 小时落地免签，已开通的国际（地区）航线数量达 95 条，天府国际机场已开工建设，预计 2020 年建成投入使用。青白江距成都双流国际机场 60 公里，汽车 40 分钟、高铁 20 分钟即可抵达；距成都天府国际机场 70 公里，汽车 60 分钟即可抵达。区内有国有干线铁路 6 条，在建铁路 1 条（成兰铁路），铁路专用线 4 条，火车站 5 座，已建、在建集装箱、散货、快运、特货专用货站 4 座。区内公路密度达 2.43 公里 / 平方公里，出川通道 G5 京昆高速、S2 成巴高速、G108 国道，出海通道 G42 沪蓉高速等与辖区公路相互连接，15 分钟内即能融入全国高速路网。[2]

从青白江开出的蓉欧快车是国内首个实现每日开行的中欧班列。目前开行速度最快、频率最稳定的中欧直达班列，运输时间为海运的 1/3，运输成本为空运的 1/6 ~ 1/8，已初步构建起“一主多辅、多点直达”的跨境班列网络。

成都铁路口岸拥有标准化的监管场所、一流的监管环境、无缝对接的物理卡口，实现海关、铁路、检验检疫物流信息资源的有效共享，与长江流域 12 个关区实现了“多点报关、多点验放、自主运输”全域大通关模式。2016 年 11 月，成都铁路保税物流中心（B 型）正式验收并封关运行。已建成保税仓库 65000 平方米，围绕国际中转、国际配送、国际采购、国际转口贸易和出口加工等高端服务业，重点开展进口汽车零部件、进口快速消费品保税仓储，红酒及奶粉等增值加工，进口产品的保税展示等业务，并建设保税商品展示交易中心，形成新的国际贸易集群。青白江区是成都跨境电子商务综合试验区核心区域，重点发展直邮进口、保税备货、大宗物资一般进出口三种业务模式。

那么，对于普通老百姓来说，青白江迎来自贸区，意味着生活将发生哪些改变呢？刘有贵继续深入研究，最直接最关键的就是让老百姓省钱！让老百姓感受最直接的，是“进口商品更便宜”，而且“家门口就能直接买到外国货”。以上海自贸区进口商品直销中心为例，自贸区的进口商品比一般市场的进口商品要便宜 10% ~ 30%；

给“剁手党”带来的福利，是“海淘更加便利”，“海淘”已经成为更多成都人购物的一种潮流。为啥要出国“买买买”？根据调查，“海淘”奢侈品的消费者中，27% 认为品质好，24% 认为款式全，19% 认为价格低。青白江有了自贸区之后大家海淘就更加方便了，海外直邮，人民币汇率直接换算，比代购和一般市场价便宜了 15% ~ 30%。

世界这么大，我想去看看，没问题，现在出境游更加方便了，因为自贸区的税收优惠，吸引了大量外资旅行社进入成都，外资旅行社拥有更多的海外资源，同时也拥有品牌、管理、资金等优势，可享受优惠的价格以及丰富的旅游路线；

爱车人士也喜迎福音。李大山是土生土长的青白江城厢镇人，之前是土里刨食的农民，后来修“物流园区”占了土地，他原本对于未来的生活还是有几分担忧，害怕工作不好找，又失去了土地这个赖以为生的生产资源，没想到现在青白江发展得这么好，就在专售平行进口车的“车百业”当保安，一个月轻轻松松能拿到三千多元。我们饶有兴趣地看了排列得整整齐齐的品牌进口汽车，李大山在门口站岗。腰背挺得笔直。后来采访他，他说对现在这份工作很满意。说的时候，眼神不经意地瞅了一下外面盛夏的骄阳似火，这儿空调开得忒足，李大山脸上清爽干净，一丝汗痕皆无。自贸区允许进口商直接从汽车厂家进口车辆，中间省去大部分成本，这样一算，同款进口车在自贸区购入和在正规4S店购入价格大概低了15%～30%。这样一来，市民在“家门口”买进口车会越来越便宜方便，而且从下单到提车，时间大大缩短，这对于之前“望眼欲穿”的等待折磨来说，是多么大的利好。

不管你是创业还是求职，自贸区营商创业环境比非自贸区要好，提供税收优惠，产业准入放宽以及政府服务体制机制创新。创业门槛更低而且更多优惠，让有创业激情的年轻人有更好的平台。同时因为自贸区的国际化，法治化，市场化，吸引了很多外资企业投资，创造了更多就业机会，可以不出国就能在外企上班，拿“国际工资”。

对于“文化发烧友”来说，可以参考上海自贸区的规定：“取消外资演出经纪机构的股比限制，允许设立外商独资演出经纪机构，为上海市提供服务。”这条规定意味着大量的优质外国文化产品、娱乐形式和文化领域的人才将流通和聚集到成都。大家相聚在青白江，与外国文化来个零距离的亲密接触吧。

中欧班列顺风顺水

2016年夏天，无数“年轻潮人”齐齐出动，目标是成都青白江，他们兴致高昂地去参加“蓉欧风情月”活动。6

月 10 号，以“蓉欧文化交流”为主题的“蓉欧风情月”活动正式拉开序幕。在为期一个月的时间里，青白江为游客们带来了纯正的欧式生活感受。活动以“欧洲文化交流节”“蓉欧商会互动”“欧洲生活品体验店”等形式，搭建青白江与欧洲商务文化交流的平台，让广大游客朋友在观看足球比赛的同时感受到国际铁路港运输带来的生活品质的提升，在这里可以买到通过中欧班列运送到成都的多种欧洲商品，原装进口的啤酒、饼干、奶制品等，让游客享受到“足不出蓉买欧洲”的购物乐趣。在这一个月里，每天都有 Mini 户外音乐节，有专业乐队表演，以不间断的精湛演出和动人音乐，全力炒热现场氛围；用趣味互动游戏和有奖竞猜，触动游客兴奋点，给游客朋友们带来了夏日最嗨的蓉欧风情月。

蓉欧创业大院是青白江区加快实施“蓉欧 +”战略、全面推进创新驱动发展、加快老工业基地转型升级的创新创业核心孵化载体。这个以“蓉欧 +”为主题的众创空间，让有意愿有条件来该区的创业者们的梦想照进了现实。2016 年 7 月 30 日，青白江举行了“蓉欧创业大院”开园仪式，并为园区企业代表颁发“金钥匙”。

2017 年 7 月 11 日，笔者在青白江区文联主席李领和青白江区委宣传部钟华的带领下，走进了占地 15.3 亩的蓉欧创业大院。整个大院有 8 栋楼房，由老房子改建而成。负责人洪雁向我们介绍说，这个大院是原卫生局、医院等单位搬走后，政府投入改建而成。整个大院可利用建筑面积 9000 余平方米，创业单元160间，水电、网络、办公桌椅、会议室、食堂、宿舍、浴室等办公、生活配套服务完善，达到拎包入驻条件。蓉欧创业大院设置有创业视窗、新产品体验展示中心、创新创业服务中心、创客中心、跨境电商创客中心、创议中心、创客天地、创业咖啡、创新创业学院等功能区，具备完善的“创业苗圃＋孵化＋加速”的梯级孵化能力。

同时，青白江区还设立2亿元创新创业发展资金，重点扶持创新创业载体建设、创新创业交流活动开展等。“不拘一格降人才”，青白江出台的《青白江区激励大众创业、万众创新 建设区域创新创业人才高地的十条政策》会吸引各类优秀人才来这里建功立业。

蓉欧创业大院只是青白江“引来各路金凤凰”的一个小小缩影，实际上，现在“蓉漂”已经成为一个年轻人亲切熟稔的名词，和当年的“北漂”“沪漂”甚至“横店漂”一样。成都，以她独特的魅力，吸引各路人才纷纷前来，他们爱上了成都，留在了成都。青白江，也成为无数有志青年的“重要漂流目的地”。比如在港管委综合处工作的乐思雨，长发及腰、身材窈窕，白皙的脸孔上架着一副略微有点大的眼镜，说话时她习惯性地用食指指节向上托一托眼镜腿儿，虽然工作繁忙，但一直笑眯眯的，有着年轻人特有的爽利和干脆。她说自己2015年9月大学毕业便被招到青白江工作了，一直在港区管理委员会干到现在。她老家在达州，但已经有好长一段时间没回去看望父母了，“没办法啊，工作太忙了，每天一睁眼就有很多很多任务等着去做，我忙得连恋爱都没时间谈。”乐思雨说到“恋爱”两个字，不好意思地吐吐舌头，笑了，做出一个可爱的鬼脸儿。

李领告诉笔者，青白江是成都国际铁路港所在地和中欧班列、中亚班列“双黄金国际通道”始发地，正在成为国家向西开放重要窗口和贯通欧亚、通江达海的桥头堡。在蓉欧创业大院的开园仪式上，一位参会专家表示，世界贸易中心最先在大西洋，现在移到了太平洋，下一步很可能是在亚欧大陆。“如果亚欧大陆经济合作更紧密，这就是我们的机遇。”专家说，现在通过陆上到欧洲的货运不到十分之一，是很小的一部分，下一步总量会增长，通过陆运的货运量有着巨大的增长空间。

“搭乘”中欧班列东风的，不仅仅是蓉欧创业大院，2016年底，青白江文体中心正式向公众开放，该中心建筑面积10万平方米，设置有图书馆、文化馆、规划馆和档案馆。依托中欧班列这一国际大通道的辐射作用，青白江规划在青白江文体中心内建设蓉欧文化创意园。该园区将集演艺娱乐、文创交流、高端赛事和文创孵化为一体。在“蓉欧+”战略的带动下，青白江在物流、进出口贸易、跨境电商以及创新创业方面都与“一带一路”沿线国家建立起了新的联系，将该文化创意园纳入规划，旨在打造一个对外文化交流的窗口，吸引文创产业汇聚的平台。

人生往前数的十几年，付国君其实一直在和电商打交道。为啥呢？因为他是奶爸。孩子出生后，和许多“80后”年轻父母一样，付国君开始了漫长的“海淘”奶粉之路，但对他而言，整个过程就是“一把辛酸泪”。当时，他找了一家德国的奶粉网站，自己研究如何注册、如何绑定信用卡，靠着翻译软件下单。从成功下单到收到奶粉，差不多要花1个月的时间。耗时久只是让他头痛的一个方面，由于奶粉通过国外的转运公司寄送，奶粉质量究竟如何，他心里也没底，“为了将风险降到最低，每年都给娃娃换一个品牌的奶粉。”但这种做法无疑是柄双刃剑，娃娃若已固定了一个口味，让他再喝别的品牌奶粉，有时娃娃皱着小眉头不适应，有时甚至哇的一口吐出来，弄得“奶爸”也狼狈不堪。

2015年年底，付国君开始关注跨境电商，“能不能尝试在母婴用品领域发展跨境电商？这样能为海淘一族解决时间和成本的问题。”这个想法得到了他所在的德仁堂（控股）集团高层的认可。但是，第一次与跨境电商亲密接触，付国君就碰了一鼻子灰。2015年12月下旬，他和同事找到一家正在做母婴用品的跨境电商企业，对方见他们啥都不懂，便态度高傲起来。当付国君提出收购想法时，对方更是开出了惊人天价。第一次快速切入跨境电商以失败告终。

2016年年初，在朋友的介绍下，付国君来到了位于青白江区的成都跨境电子商务产业园取经。通过与产业园CEO潘海波的深入交谈，他终于了解了跨境电商的渠道、流程、运营模式等，并引荐德仁堂（控股）集团与产业园合作，他所负责的宝宝居也成为入园企业，成为光荣搭乘中欧班列东风的新兴电商企业。

通过产业园的指导和服务，2016年3月底，宝宝居第一家实体店开门迎客。母婴产品大部分通过中欧班列运送，跨境电商产品销售额头一个月就达到10多万元。4月，公司跨境电商“德宝海购”上线，同时在门店设立了跨境保税商品专区，主要销售欧洲、美国、澳洲的奶粉、保健品、洗护用品、美妆等。如今，宝宝居已经开了两家直营店，其合作店更是达到38家，遍布成都各地。付国君表示，下一步或将打造一个纯跨境电商实体店，产品也将更加丰富。

如今的青白江，“风情”无边，欣欣向荣，作为中欧班列的始发地和成都国际铁路港所在地，青白江区通过大力实施“蓉欧+”战略，持续加强生态文明建设，大力发展循环经济，注重节能减排和资源循环利用，倡导绿色发展和低碳生产生活方式，奏响了老工业区转型升级、破茧蝶变的新乐章。

---

1. 董兴生、赵雅儒、刘秋凤、赖芳杰．四川自贸试验区今日揭牌！http://news.sina.com.cn/o/2017-04-01/doc-ifycwunr8461389.shtml. 华西都市报
2. 隋秀勇．成都青白江区：三年时间建成全国一流国际铁路港．http://www.bosidata.com/news/728029DAHO.html. 第一物流网

第三章 昂扬『吐火』：中欧班列开启新征程

产品和食品将会是一个很大的推动。下一步青白江的肉类进境口岸验收完成后，我们还将组织肉类等进入中国市场。”

随着中欧班列实现双向对开，广大市民除了在家门口就能购买物美价廉的进口商品，还有另一大利好消息——今后“海淘”商品的物流运输成本将变得更低。在中欧班列首趟返程班列到达仪式上，不少从事进出口贸易的企业前来参会了解。中国邮政速递四川省分公司国际分公司相关负责人也表示，他们希望能依托中欧班列开展国际邮政小包业务。

据这位负责人介绍，目前邮政开展的国际邮政小包业务很受市场欢迎，从 2012 年开始业务量就逐年翻倍增长，为此邮政部门在国际邮政小包业务的基础上还开展“国际 E 系列”产品服务，进一步丰富了市场服务，满足了个性化需求。国际邮政小包业务主要是针对个人而开展的国际快递服务，绝大多数顾客是“海淘”者。讲起当前状况来，这位负责人微微皱眉：“但是，目前国际邮政小包业务的运输途径基本上是通过航空运输，其运输费用成本比较高，所以现在我们希望依靠中欧班列双向对开的平台开辟新的运输渠道。”

通过航空运输渠道，门到门的服务一般需要 7–15 天；而中欧班列返程班列的运输时间为 10 多天。经测算，如果通过中欧班列陆路渠道运输，国际邮政小包实现门到门的服务大概需要 22 ~ 25 天，最多比航空运输晚 10 天，但是其运输成本却只有航空运输的四分之一左右，“这对广大‘海淘’者来说，至少又多了一条运输途径的选择”。

而之所以选择中欧班列合作，基于三方面原因：一是中欧班列定时运行，让国际快件运输有比较稳定的时效；二是运输成本较低，同时为客户提供了新的选择；三是目前一些快件特别是3C类产品的快件走航空运输常受到限制，无法实现空运，可以把这些产品转到中欧班列的铁路运输方式上。

两千多年前，伴随着驼铃声声，丝绸之路连接了古老的东方和遥远的西方，为世界架起了一座桥梁。如今，一车车“中国制造”的货品搭着高速列车运往中亚和欧洲，再输往世界各地。值得一提的是，跨境电商未来有望成为中欧班列的重要服务对象。有行业机构预测，未来数年内，中欧跨境电商贸易将占中欧贸易20%以上。中欧班列在运送制造业加工产品的基础上，可以将更多运力投向民生用品，比如婴幼儿奶粉、母婴产品、家电五金等，而这些正是中国百姓“海淘”的热门产品。

在国家“一带一路”倡议下，中欧班列成为驱动丝绸之路再次复兴与繁荣的重要力量。

“威尼斯商人”甘天骄

2016年4月8日，由财政部、商务部、海关总署等三部委发布的跨境电子商务零售（企业对消费者，即B2C）进口新税制正式施行。根据新税改方案，4月8日之后，我国对跨境电商零售进口商品将不再按邮递物品征收行邮税，改征“跨境电商综合税”，按货物征收关税和进口环节增值税、消费税。

新税收政策，对重心放于“海淘”的跨境电商影响几何？四川跨境电商企业相应加快了供应链建设步伐。成都风马贸易有限公司负责人甘天骄介绍，公司与4家国外厂商建立了合作关系，厂家直采，价格能便宜25%～30%，同时，在英法澳等国家建立了海外仓和转运中心，规模化运输使企业至少可降低20%的物流成本。

甘天骄为何会有这样的底气和信心？这还要从中欧班列赋予他的红利说起。

“90后”青年甘天骄长着一张可喜的圆脸，笑起来很温暖。朋友们非常喜欢他，送他爱称“阿甘”，他乐呵呵地接受，觉得当一个执着而简单的阿甘也挺好啊，至少活出了自己真我的风采。此前，阿甘一直在法国留学，2015年结束学业之后，他面临“去与留”的选择。如果留在法国，阿甘会凭借毕业证书与不错的人脉找到一份高薪工作；如果回去，也许一切都要从头开始，但却充满了未知的神秘惊喜，当然，还能分分钟吃到他心心念念的家乡美食。

阿甘踌躇着，站在人生选择的十字街头，有几分茫然。这时，刚开通不久的中欧班列，支撑起了阿甘扬帆远航的梦想。

由于熟悉欧洲市场，并且积累了一定的人脉，阿甘最终决定回国创业，将事业的两端一个放在欧洲，一个放在自己的家乡。于是，阿甘从“红酒加芝士”的巴黎，回到了“火锅与清茶”的成都。

阿甘在法国留学时，敏锐看到了现代人的新消费习惯：近年来，越来越多的年轻人开始习惯于通过网络直接购买国外的产品。阿甘因此看到了商机，和留在国外的伙伴们展开合作，以成都为根据地，串联起欧洲各个国家，为习惯网购的人们提供整个“海淘”环节的服务。

用中欧班列来做海淘，到底是否可行？朋友们心中打了一个大大的问号。

阿甘了解到，依托运行时间最短、运行最稳定的中欧班列，和由此延伸出来的强大物流网，成都已经成为“一带一路”上的新引擎。

和他一样将“中欧班列”和“海淘”两个词联系起来的，其实大有人在，比如唯品会相关负责人就公开说过：“成都西行班列，是中欧班列的一部分，其作用和新疆的西行班列一样，主要是将西南的优质商品通过火车送至中亚和欧洲，再将欧洲的商品运回来。”这位相关负责人称，空运虽然时间短，但价格高，海运运价低，但时间长，无法满足电商需要。而用西行班列的形式，最长15天就可抵达，成本比海运还低。“通过西行班列，我们的海淘项目可以在成都备货，这将极大地满足四川地区消费者对国外优质低价商品的需求。”

阿甘不再犹豫了，也不再等待了，他开办了一家国际电商物流公司，开始服务于国内众多通过网络进行海外购物的人群。

国内海淘需求的旺盛，物流成为电商环节最重要一步。依靠成都高频率往返欧洲的国际航线，和一天一班准时出发和到达的蓉欧班列，以及应运而生的内陆港海关服务，阿甘的电商物流公司一年内便飞速发展起来。

“海运的运输成本虽然很便宜，但是时间太长了，从法国把红酒通过中欧班列直接运到成都，到青白江，时间和效率都是大大提升了。”阿甘说，对于物流运输成本，政府还有补贴，对于他们这种创业型公司来说，运输成本的节约是件很好的事情。

创业者阿甘身上，果真有着“美国阿甘”的那种坚韧执着精神，周末，公司人走楼空，他还要过来看一看才放心。站在明亮的玻璃窗前，外面是万家灯火霓虹闪烁，阿甘端起咖啡，难得享受这片刻悠闲，他轻轻啜了一口，微笑道：“有时，我会感觉繁忙创业的自己，就像是一个威尼斯商人，停不下来忙碌的脚步……”

欧洲肉放心吃

2016 年 12 月 11 日，成都青白江国际铁路港举行中欧班列首批肉类直达中国仪式。随着一列运载着近 21.9 吨、1369 箱德国冷冻猪肉的中欧班列列车抵达成都国际铁路港，标志着国内首批通过中欧班列运输的进口德国猪肉直通放行。这是我国首次通过国际铁路运输方式直接进口欧洲高品质肉类产品。据悉，该班列从德国纽伦堡始发，于12月9日抵达成都，行程1.2万公里，共用时13天。

回望2013年4月26日，从成都青白江始发的中欧班列，将成都和罗兹两个原本相隔万里之遥的城市相连，架起快捷畅通的亚欧大陆桥。如今蓉欧班列的运行线路已逐步固定，并且运作已较为成熟，终点从波兰罗兹，延伸至波兰库特诺、德国纽伦堡、荷兰蒂尔堡等欧洲端点城市。中欧班列回程货源的品类日渐丰富，包括电子产品、机械产品、汽车配件、奶粉、酒类等。

此次欧洲进口猪肉搭乘中欧班列抵蓉，国家质检总局派出团队前往俄罗斯、白俄罗斯与当地相关部门协商，支持和协助班列公司办理“欧亚经济联盟成员国过境手续”，从政策层面全力支持冷冻肉进口项目。

据本次进口肉类货主方成都兴蜀军食品有限公司负责人介绍，作为一个做食品加工销售的企业，以前进口欧洲肉类多是通过海运从荷兰阿姆斯特丹、鹿特丹运抵上海、广州、天津等沿海口岸，再进行清关等手续，最后通过汽车、火车等运到成都，即使一切程序顺顺利利，最快都要50天左右的时间。而现在是12到15天就能到达成都，时间节约了不少，这样也就把成本相应压缩了，通过中欧班列陆运与海运相对比，初步测算每吨成本可以下降几百元钱。

本次中欧班列直达运输方式进口肉类是成都国际铁路港先行先试，开创了肉类进口的新渠道，成都成为全国首个通过国际铁路运输方式直接进口欧洲肉类的城市。中欧班列在运输过程中采取全程冷链运输，可以说进口肉类是原产地、原封、原装运抵成都，全程不断链，保证了肉类的品质和可靠性。

中欧班列开始了肉类进口业务，将来，川渝人家有了不用出国就能品尝异国肉类产品的口福。进口猪肉顺利入川，标志着成都国际铁路港口岸正式接受进口肉类，也标志着中欧班列“欧亚食品安全运输大通道”的全面开通。目前，成都国际铁路港进口肉类指定口岸建有1000平方米冷冻（冷藏）集装箱堆场、1.5万平方米冷链查验和储存一体化设施，贮存能力达3000吨；建有840平方米的查验专用区域，包括冷链查验平台、采样室等技术用房和检疫处理场所，设置全程视频监控系统，大型X光集装箱检测系统、箱号车号识别系统，可以保障每批进口肉类查验过程可监控、可追溯。

樊鲁旭专做进口肉类贸易，已有八年之久，他的主要业务，就是把全球各地不同的味道带到四川人的餐桌。从业之初，他就给自己提了一个要求：“不仅要美味，还要保障食品安全。”

在人们固有的思维中，人们总认为现杀的肉类比冷冻的要好、要新鲜。因此，在前些年与成都各大餐馆、火锅店等打交道时，樊鲁旭总会遇到这样的“尴尬”：他主营的进口肉类，都是冷藏冷冻类食品，可这些在店内并不受欢迎，人家餐馆、火锅店认为冻肉不新鲜，口感差。只是在新鲜肉不够的情况下，作为餐桌替代品。还有些厨师当面对樊鲁旭毫不客气地说：现在的食客都有一条“精明”的舌头，如果我们店里卖冻肉，被他们吃出来了，下次就不会再光顾，这个责任你来负么，你负得起么？樊鲁旭努力向大家解释，全球各地不同的肉类，有着原产地特有的风味，食材会为源自该地的菜谱菜品增色不少，而且，只要货源安全，既不会对人体造成不良影响，也不会在味觉上和鲜肉存在天壤之别。但那时听他解释的人很少，大家都更执着于“鲜货”之上。

不过，近两年，这种情况有所改观。

近几年，越来越多的进口肉类进入四川市场，消费者接受程度也越来越高，而四川地区每年对进口冻肉的需求达数百万吨。

“我已经在为大部分合作餐馆提供固定肉类，并成为他们主要的供应源。”樊鲁旭谈起这个数据来，难掩神情中的兴奋激动，因为这一比例，在早些年只有区区百分之二十。他认为，这种改观主要得益于冷链物流的普及，这也是中欧班列带来的红利之一。

樊鲁旭说，全程通过冷链物流运输，进口肉在产地经过排酸等过程后会迅速进入冷冻，保证新鲜以及营养不流失。即使经过中欧班列十余天的运输抵达成都，肉类也完全能保鲜，不影响营养与口感。从时间和经济成本两方面同时考虑，四川片区进口肉类一般以海运方式经45天左右入境，再通过公路运输分拨至川内各个市场；通过中欧班列直达运输方式进口肉类产品，时间上比海运可节约30天左右，成本上比空运能节约每吨1万元，大大降低了企业的物流成本，提高了内陆口岸进口肉类的通关效率和肉类贸易企业竞争力。

樊鲁旭相信，通过欧蓉快铁，将来会有更多“国外肉”被搬上四川餐桌，会有更多外国味道与川人味蕾相遇，碰撞出“不一样的绚丽火花”。

第六节　豪车直达家门口

2017年5月18日，四川首个自贸区平行进口车交易展示中心投入试运营的第一天，一个成都金堂人在青白江平行进口车交易展示中心，以比市场上同款车型便宜21万元的价格，买走了一辆凯迪拉克雷德加长版。

2015年，国务院正式批准成都铁路口岸为汽车整车进口口岸，这是四川首个、西部内陆第二个汽车整车进口口岸。当时，市民就对购买平行进口车充满了期待。而在过去，四川的车主想买个整装进口车，首先要学会的一件事就是“耐心等待”。几十年来，四川进口汽车须从天津港或上海港转运，等个 3 ～ 5 个月是常事，而这都将成为历史。随着欧洲生产的汽车通过中欧班列直达四川并辐射整个西南地区，大大节约了时间成本、物流运输和仓储成本，消费者也得到提车快、修车快、节约成本等实惠。

对于成都人来说，“豪车开到家门口”，用更加低廉的价格购买，享受更加省心便捷的售后服务，随着中欧班列的整车进口，这已不再是“无法实现的梦想”，或者可以这样说，这梦想，如今已经照进了现实。

老司机不知所载何物

仲俊澜很年轻，同时他资格又很“老”，三十出头的他，已经在中欧班列上工作了四年多时间，从首发列车开始，仲俊澜已是“中欧班列老司机”了。现在想起来，仍旧记忆如新，心潮澎湃。2013 年 4 月 26 日，晚上 11 点，仲俊澜鸣响了汽笛，一列满载 41 个货柜的列车，轰鸣驶出了成都北站，前往波兰罗兹。这是中欧班列发出的第一班列车，仲俊澜和同事李东，作为首发正副司机，被载入了中欧班列的史册。

仲俊澜是个不折不扣的“铁三代”，爷爷和父亲都是铁路人，而他从小就立下志愿，要当一个威风八面的火车司机，长大后，读工科的仲俊澜终于梦想成真。当然，很多人也感到不解，认真地问过他，为啥一定要当火车司机啊？这世上赚钱又风光的职业那么多，开火车多累啊。但他很执拗，铁路家庭降生的孩子，从小耳濡目染，看着大人们为了铁路事业忙忙碌碌，他心里很是羡慕，梦想便根深蒂固地扎下根来，不管别人怎么说，他始终坚持着自己的火车梦。

仲俊澜报考的是机车乘务专业，2002年，加入到成都铁路局江油机务段；直到2008年，他终于成为一名正式的火车司机。2013年，单位里传出一个消息：中欧班列将要开行了，单位要进行严格的司机选拔！仲俊澜报了名，他心里还是有几分忐忑，毕竟那时他还年轻，开车时间不算长，与别的同事比起来，在经验方面也许还需积累。但他人年轻，学东西快，反应灵敏，具有年轻人特有的钻劲儿和优势，就这样顺利通过了笔试、面试、操作考试，成为首批12名中欧班列司机之一。

仲俊澜深刻地记得第一趟中欧班列首发时的情景。仲俊澜和副司机李东，早早地就来到了位于青白江的成都北站出发车间，先和系统核对了沿途信息，再各自分了工，一个负责机车上部电气检查，一个负责机车下部检查。一个小时后，车头驶出车间到编组货场，挂上了41组大号集装箱货柜。尔后，仲俊澜和李东发动机车，火车缓慢驶出站台，背后传来一片欢呼声。他知道肩负的使命重大，但一个“老司机”的专业素养令他心情平和，理性而严谨地将中欧班列开向远方。

虽然是首发司机，但他当时并不知道车上载的什么货物。后面，仲俊澜看了新闻才了解到，列车上载的都是电子产品、汽车配件和高端女鞋，终点站是波兰罗兹。

中欧班列是一个“接力赛跑”，比如仲俊澜吧，他负责的就是成都至广元段，而广元到西安，是由西安铁路局车头牵引，在阿拉山口出关时，再换上外国车头，就这样一棒接一棒，跑到欧洲。对于中欧班列，“老司机”仲俊澜最大的一个心愿，就是未来能把“接力跑”变成一次“冲刺跑”，他可以直接驾驶中欧班列，从成都直达欧洲。设想能有这么一趟畅快淋漓的“全程跑”，仲俊澜兴奋得两眼都放出光来。

说起从首发班列到如今，四年多来的变化，首先是“发车频率”，从内心讲，仲俊澜觉得最开始工作还是比较轻松的，因为最开始的中欧班列，开行班次并不多，大概一周一到两班。这和仲俊澜之前跑货运相比，工作轻松多了。不过，随着中欧班列班次不断加密，他感觉工作量重了不少。比如 2017 年 4 月份吧，一个月时间仲俊澜就跑了 25 趟中欧班列。

其次是作为一个西餐烹调高手，中欧班列为他带来了此前享受不到的“红酒红利”：自从这条班列开通后，大量进口红酒在成都出售，他每年都要买十件回家，用来烹饪西餐牛排和家人饮用，再也不用去网上辛苦找代购了。

再次是中欧班列的“点滴变化”：四年时间很快就过去了，中欧班列从成都到波兰罗兹，速度在不断提升，通行时间在不断缩短，而中欧班列运送的货物，也变得越来越多元化了。2015 年 8 月 18 日，中欧班列首趟返程班列从波兰罗兹发车，带回 41 个集装箱啤酒、饮料、饼干与巧克力等等欧洲畅销快消品，满载抵蓉，首次实现了中欧班列的回程班列。正如仲俊澜开启“首发中欧班列”时，并不知道自己运送的货物是什么，现在他更加“猜不透”返程的中欧班列将从遥远的欧洲带回什么了。2016 年 7 月 19 日，首批通过中欧班列运抵成都的进口整车，抵达了位于青白江区的成都铁路口岸。国外汽车还能通过中欧班列实现整车进口？仲俊澜眨眨眼，他很欣喜听到这样的好消息，同时，也感到中欧班列犹如一个技艺高超的魔术师，不断在刷新自己的认识，带给自己源源不断的惊喜。

主人，车来了！

订制一台自己想要配置的进口汽车，是不少市民渴望实现的梦想。对于有经济实力的市民来说，订制一台进口汽车到底是一种怎样的体验？“就算你有钱，也任性不起来。”市民何宇讲起“订制进口车这点事”，就摇头苦笑，他抱怨说等待的滋味真是太不好受啦。早在 1 月份，他就与汽车经销商签了订单，而一直等到了 6 月，他才真正提到了自己购买的路虎越野车，整个过程耗时长达半年，几乎耗尽了他当时购车时的激情和期待；车钥匙真正拿到手上，他感觉自己像是一个“激情不再的侠客，即使面对价值千金的汗血宝马也提不起精神来”。

何宇在半年时间里，花了不少精力关注自己的“未来坐骑”，他眼巴巴地观望着，自己购买的路虎汽车在 3 月底被装上了海轮，5月抵达天津港，但是一直辗转至6月才运至成都。“自从晓得汽车装上了船，我就每天在网站上查看船开到哪儿了。实在是很心焦、很难熬啊！”何宇咂咂嘴，眉心拧出一个小小的结。要知道，成都是全国汽车保有量第二的城市，成都市民对于进口汽车的消费向来大方，然而漫长的订车和运输周期，让不少成都市民对消费进口汽车望而却步，都觉得“等待太难捱”，要是运送途中有个啥闪失，自己真是哑巴吃黄连——有苦都说不出。

幸好，中欧班列贴心地解决了这个“等待难题”。2016年7月19日，首批通过中欧班列返程班列进境的进口汽车安全赴蓉，数十台宝马汽车安全抵达成都铁路口岸，从这里分销至全国各地的宝马汽车经销商手中。“这是继食品、工艺品等小商品完成进口后，我们首次完成整车进口。”蓉欧班列公司有关负责人表示，此单整车进口为后续整车进口常态化运作提供了很好的范例，同时也意味着位于成都铁路口岸内的整车进境口岸正式投入运营。

成都人真的能享受到“家门口提进口车”的福利了？这事，还得从“平行进口车”的概念捋起。2017年7月11日下午4点，青白江区委宣传部的宗华同志陪着笔者参观蓉欧快铁及周边物流园区，他一边开车一边说道：所谓“平行进口车”，是相对“中规车”概念而来的，指除总经销商以外，由其他进口商从产品原产地直接进口，其进口渠道与国内授权经销渠道相“平行”。由于进口地不同，可分为“美规车”“中东版车”“加版车”“欧版车”等，以区别于授权渠道销售的“中规车”。平行进口车由进口商承担召回、三包及维修保养。汽车平行进口作为自贸区对外开放及贸易便利化改革背景下大力推行的整车贸易方式，正逐步改变我国汽车销售市场结构。

2016年10月，位于成都青白江的成都国际铁路港获批平行进口车试点。随着四川自贸试验区揭牌，2016年年底汽车整车进口口岸又通过验收后，对市场高度敏锐的进口车企业嗅到了在青白江的商机。以前，经销商需在天津设立办事处，并挂靠到天津的公司办理许可证；现在，工作人员只需到成都市商务委就能申请进口汽车许可证了。这其中节约下来的人力成本、管理成本等，都会通过平行进口车的优惠体现到价格中，带给消费者更加心动的实际福利。北京海淘车、雷利进口贸易公司闻风而动，入驻成都国际铁路港建设平行进口车贸易基地。

到底平行进口车有哪些优势呢？青白江区委宣传部宗华同志说，据我所知，平行进口车主要有如下几条优势：

首先吸引我们的，是平行车突出的价格优势。要知道，平行进口车因为绕过了总经销商、大区经销商、4S店等销售环节，省去了不少中间环节，且平行进口车经销商定价不受厂商限制，比较自由，因此在价格上有较大优惠，通常平行进口车比中规车价格要低10% ~ 20%，这是最让消费者动心的原因。

其次是车型和提车时间优势。海外新车上市后，有时会因为一些汽车厂商战略规划、国内认证等原因未在中国上市。但作为平行进口车来说，在这方面就有着天然的优势——自由在海外采购后，再运至国内销售，省去了很大一部分新车等待时间，无须为了等待一辆梦寐以求的新车而耗费长达数月的时间“吃不香睡不好”了，对于某些性急的车主来说，无疑是福音。

第三是款型配置更丰富。能够购买中国没有的海外车型，也是平行进口车的一项优势。一般为了符合中国市场定位策略，汽车厂商在将海外车型进口到中国后都会进行一定调整、改装。而平行进口车直接从北美、中东等地区进口，款型与中规车并不一定一致。例如奔驰 GL350，在国内的奔驰 4S 店中未销售柴油版车型，而通过平行进口，就可以买到柴油版。

第四是能买到特殊车型和豪华跑车。一些尚未在国内销售的豪华跑车、皮卡、房车车型，也可以在平行进口车经销商处购买。

第五是能购买到原厂改装车型。有一些消费者偏偏“心水”（偏爱）于国内不太可能会有的原厂改装车型，能通过这种渠道满足愿望，这对于某些“改装控”来说是非常加分的选项。

最后是提车流程更优化。除尚未进入国内的海外新车外，大多数车型在走完相应手续后，就能立刻提走。如果没有走完手续，最长也只需要 1 个月左右的时间就能提车。

此前，商务部相关负责人在接受媒体采访时表示，汽车平行进口有利于打破垄断，促进进口汽车市场竞争，给予消费者多样化选择。商务部对试点企业申领平行进口汽车自动进口许可证，无品牌授权要求，无任何进口数量限制。

平行进口汽车博览会

2017年6月16日～18日，在成都国际铁路港隆重举行了首届（中国）自贸区平行进口汽车博览会。博览会上，路虎揽胜系列，中规车最低的到手价不低于145万元，而平行进口车渠道同款车到手价为112万元。宾利飞驰，在4S店售价最低为339万元的同款车，平行进口车则为270万元的起步价。原装进口宝马X5，只要68万元就可以开回家……[1]

博览会上人山人海，市民大饱眼福之余，还听到了无数利好消息：平行进口车不仅价格便宜，提车时间比国内更快，手续办完，无须等待，无须加价，立马就能提车。过去欧洲进口汽车通过天津港或上海港海运入境，然后转运至成都，走完全流程需要两三个月。如今直接通过中欧班列从欧洲运抵成都，消费者从预约到提车最短可控制在25天内。

此次平行进口车博览会展场设在成都铁路保税物流中心（B型）的零号仓库，展场面积超过一万平方米。邀请了自贸通、太元行、启阳、众汇、德源汽车城、宝瑞等大型进口车综合服务商参展，现场展出路虎、宝马、丰田等12大品牌、百余台高端平行进口车及摩托车。此次汽车博览会是目前西部地区最具权威、最具规模、覆盖面最广的平行进口车博览会，并将打造成为西部平行进口车年度展销盛宴，今后每年定期举办。

据主办方介绍，此次博览会旨在宣传成都国际铁路港汽车整车进口口岸；促进成都国际铁路港汽车整车贸易发展；普及平行进口车消费，让普通消费者切实感受自贸区开放红利。“此次进口车博览会车型更新，国内未上市车型可以抢先看，国内买不到的超跑、皮卡、房车，这里全都有，而且比国内提车时间更快，手续办完，无须等待，无须加价。”

目前，中行、工行、人保、平安等金融保险机构强势入驻，下单后可现场办理按揭贷款、车辆保险等业务。作为国家八部委联合批准的平行进口车试点工作重要承载地，成都国际铁路港正不断推进平行进口车市场规范化运作。本次博览会得到成都海关、四川出入境检验检疫局等部门大力支持，保障进口货源海外直采。

质保问题一直困扰着车主和经销商。如何保障购买平行进口车车主的权益？目前，成都国际铁路港引入保险公司兜底的模式，为消费者提供质保服务。有经销商介绍，目前销售的平行进口车已由经销商先期购买了三包保险，不仅包括包修、包换等条款，还包含车辆召回条款。现场订车将享受参展车商提供的整车质保及售后保养特惠，保证享有与中规车同等水平的售后保障服务。

成都国际铁路港管委会负责人介绍，成都国际铁路港汽车整车进口口岸，是四川省首个、西部内陆第二个汽车整车进口口岸，商务部等八部委批准同意成都国际铁路港开展汽车平行进口试点。成都国际铁路港为成都整车进口提供了一条新的贸易通道。

下一步，青白江将打造配套汽车产业园，建设国家级实验室、进口车上牌点和平行进口汽车展示交易中心，配套整车上牌、维修、装饰、改装等后市场服务。

业界人士认为，作为中国重要平行汽车进口试点，四川自贸区青白江片区依托中欧班列优势，积极整合行业资源，塑造完整产业生态链，推动产业健康快速发展，着力打造内陆地区规模最大、层次最高、覆盖面最广的平行进口车会展品牌，开启西部地区汽车平行进口新时代。

如今，搭乘中欧班列，缩短运行时间，减少物流成本，消费者可以更快提到车，企业也正通过中欧班列进一步开拓市场，平行进口车商就正在行动，通过中欧班列，以成都为口岸和窗口，打开平行进口车业务的新通道。这样的新变化，不但让仲俊澜这样的“老司机”万分惊喜，作为普通市民，都倍感荣耀——中欧班列，正在飞速而悄然地改变我们的日常生活，涂抹绚烂美丽的色彩。

1. 唐莉 . 首届四川自贸区平行进口汽车博会 16 日举行 .http://www.china.com.cn/news/2017-06/10/content_41002852.html. 中国网

第七节 农副产品也“触网”

“买趣网”创始人张乐是“80后”的大学生创业代表，年青、干劲十足、妙想多多。如今，买趣网已成为成都市青白江区青年（大学生）重点创业项目之一。在张乐的带领下，年轻团队众志一心，致力于将平台打造成一个以农业电商为基础的F2C平台。如今，买趣网发展蒸蒸日上，在当地政府的关心和扶持下，已成为青白江区优质农产品全面“触网”的主要通道之一。

青白江女婿之转型路

张乐家乡在风景如画的海滨山东青岛。2009 年，张乐从电子科技大学毕业时，为了爱情，没有回山东老家，而是选择留在成都。因为他爱上了一个青白江的女孩，张乐注定要将青白江视为人生的“第二故乡”，他愿意为了这份爱，留在有她的城市，陪她日暮晨昏，和她朝朝夕夕。

大学毕业之后，张乐先是进入通信行业做手机销售，后来自己索性开了一家手机店，在手机行业，一做就是六年。在这期间，他不仅结了婚，让自己从一个青涩大男孩转变为有家有室顶天立地的男子汉，还结识了一帮志同道合的好朋友。陈亮便是张乐在开手机店时认识的好朋友。

2017 年 7 月的一天，笔者在青白江区蓉欧创业大院见到了陈亮—— 一个白白胖胖的小伙子，他说几年前自己与张乐一样也是一个卖手机的小店主，他们都很年轻，有时彼此开玩笑，互称“张老板、陈老板”，讲完了哈哈笑，笑完了却陷入一阵死寂的发呆。随后他接着讲：2015 年，因为受到电商的冲击，实体生意不好做了，经营实体手机店很让人头疼，很多时间都是赔钱赚吆喝。一天，张乐冲陈亮发牢骚道：“现在电商对咱们实体店冲击这么大，我们再继续做下去，赚的那一点点钱还不够房租水电，要不，咱们也向电商转型吧？”陈亮很信任张乐，连连说：“我听你的，你到时要转型，我也唯你马首是瞻就对了。”

话虽这样讲，但当时国内电子商务早已被几大巨头瓜分，究竟从何处下手，究竟从哪里“下口”？张乐想了很久，都没有找到头绪。

直到 2015 年 7 月，一次偶然的机会，张乐和朋友们一道去青白江区人和乡游玩，这次简简单单的“下乡游”，竟打通了他长久以来的思考症结，让他茅塞顿开。在乡下，张乐看到琳琅满目的农副产品，那些绿色生态产品长势喜人，种它们的人却一脸愁容，说起来就叹气：“长得好有啥用嘛？现在要销售出去太困难了。特别是这些长在土里的东西，一点时间都耽搁不得，成熟了你不把它从地里摘下来，分分钟就会烂在地里；摘下来了，卖不出去，又会分分钟烂在地边上。”

接着，一个去年因“辣子种得好，损失却更大”的农户给张乐大倒苦经，他说去年他家红辣椒长势特别喜人，争气，个顶个地长得像一串串小灯笼。但到了售卖时，却偏偏遇到市场饱和。原本和他联系好的蔬菜商贩，说好要来收辣子，后来三推四拒不来，再后来，他苦苦哀求，和对方打了好几次电话，又将价格往下压了至少三成，对方才勉强同意，让他明天摘好，卡车来拉。农户很高兴，第二天一大早，便率领全家人到辣椒地里采摘，忙了好几个小时，摘下好大一堆红辣椒。结果呢，从中午便苦苦等那个商贩，电话一直打不通，下午三四点了，对方总算回了话，说就算按低三成的价格收去卖，现在市场上红辣椒多，恐怕自己还是要赔本。所以，就算了吧，不来了。对方一句轻飘飘的“不来了”，让这个农户差点哭起来——摘下来的辣椒，被毒辣辣的日头一晒，到这会儿工夫，有些面上的已经被暴晒得“胀气死亡”，流水腐坏了！原本是辛辛苦苦勤劳种蔬菜，最终却求爹爹告奶奶卖不出去，只能眼睁睁看“喜人小辣椒”变成一堆散发恶臭的垃圾，自己还要挥泪清理这堆垃圾，怎不叫人欲哭无泪！

张乐听了这席话，很吃惊也很痛心，同时，也坚定了他做“农业电商”的决心。他觉得青白江的农业是“大有做头”的，如果将传统农业插上互联网的翅膀，也许会飞翔到不一样的天空。

年轻人，总是这样充满干劲，想做就做。张乐是个干脆果断的人，之前他为“转型”一事，纠结了数月，思考了数月，现在一旦找准方向，再无多虑，两个月后，便拉上陈亮，组建起一个六人团队，在青白江区租下了一个简单的办公场所，成立了买趣网。

将鞋底磨薄，口水说干

张乐成立买趣网，就是为了解决“好的农产品找不到识货人”的问题，他与农村的农业合作社合作，对农民生产的农产品进行包装和整合，再打包销售给超市或农产品加工企业。据买趣网的营销总监陈亮介绍，买趣网是一个以农业电商为基础的F2C平台，在农产品生产销售管理等环节全面导入电子商务系统，利用信息科技进行供求、价格等信息的发布与搜集，并以网络为媒介，依托农产品生产基地与物流配送系统，使农产品交易与货币支付迅捷安全地得以实现。对此，张乐还有一个很形象有趣的比喻——比如农民有一个萝卜，我们拿到后会找专业的机构，对萝卜的品质进行认证，并重新包装。别看他现在笑眯眯地说得蛮轻松，在创业伊始，他可是为了“卖萝卜”，跑薄了鞋，走细了腿，说干了嘴。

一开始，为了开拓市场，张乐只能靠自己，挨家挨户去跑，到超市里去推销自己的产品。那段时间，他像是一个上足了电的“金霸王玩具小兔子”，嗒嗒嗒不停跑超市，背着大包一遍遍给人家展示和解释，青白江大大小小的超市，都留下了他的足迹。好多超市负责人一听“买趣网”就摇头，说听都没听过，哪里冒出来的网站啊？张乐满脸堆笑，用了十二万分的热情和真挚去解说这是一家新网站。对方听到这里，往往是不置可否的“哦”一声，有些涵养差的，就直接下了逐客令。

推销不好做，过程艰难，开拓市场的路途犹如取经受难，张乐却一再告诫自己不要气馁。他想，人家又没有接触过买趣网，当然不信任我们，这也是人之常情啊，没办法，只能我们多跑几趟，先让人家知道咱的产品品质到底怎么样，让产品自己来“说话”。

是的，张乐一直都坚信这个真理：好的产品自己会说话。客户认可了产品，自然也会认可买趣网。

让张乐印象最深刻的是有家社区超市最难“拿下”，他自己不知跑了多少趟，有时内心真的都不想再进去了，但在临门一脚，张乐还是反复给自己做心理建设，告诉自己“创业要有恒心，要有耐性”。于是，他又迅速调整好心态、情绪和微笑表情，推门走进去，哪怕这次还会吃到软钉子，没关系，还有“下次”啊。一次又一次，最终，他的执着和坚韧打动了这家超市的老板，老板认认真真分析了张乐的产品，看到品质的确不错，于是同意产品上架，成为合作超市。这次的成功，也许只是创业路上一次小小的成功，对张乐而言，却有着非凡的意义，无数次地被拒，令他神经越来越坚强，信念也越来越坚定，他感到一种幸福——能和买趣网共同成长的幸福。

目前，包括家乐福、永辉超市在内的300多家超市，都成了买趣网的合作伙伴。其中最大的一家超市，每周进货量超过了200万元。如今，买趣网上的农产品涵盖了农特产、蔬菜、鲜果等几乎所有品类。而在青白江区，“三品一标”认证面积占到了全区种植面积的64%，现代农业特色明显，更是为买趣网提供了大量优质的产品来源。

产业与扶贫结合

去年，四川省委省政府加大扶贫攻坚力度，张乐积极响应政府号召到藏区寻找扶贫项目。当他来到甘孜州九龙县，发现那里有个水厂生产当地的雪山泉水，名字叫“甘孜山泉”，装水的瓶子“相貌平平”，如果摆在架子上，“土里土气”的它可能是浑身上下蒙最多灰尘的那个——除非遇到渴极了又没有其他选择的客人，否则它很难遇到“识货明主”。

张乐不但亲自试喝，还专门送去专业机构检测，检测结果令他大喜：这种来自高原雪山的山泉水是真正的纯净、无污染、天然弱碱性水，而且含有较多的锶，而这锶元素又对人体有许多益处。也就是说，这是一款价值远远被低估的水，它不但在货架上蒙尘，当张乐走进厂房时，发现因前期销售不善，厂房都关闭了三分之二，只剩三分之一还在有气无力地运作。藏区人真是抱着金饭碗要饭啊！张乐立即选择了介入这款山泉水，重新定位、包装、营销，一来是个挣钱的好项目，二来也可以通过办好水厂解决当地人民就业增收，实现产业扶贫，是双赢的大好事。

他和买趣网的团队同人们，先是为这山泉水注册了一个新名字，这个名字很潮，对苗条爱美的女性极具天然的亲和力——“蓝瘦”。如今，“蓝瘦”一经面世，就颇受年轻人的好评。如今，已换了新包装的“蓝瘦”，看上去有种简洁高冷范儿，在家乐福等大超市售卖，大家都不由自主将手伸向“颜值颇高”的“蓝瘦”。

除了“蓝瘦”，张乐还在甘孜九龙发现了无数“宝贝”。比如天然野生菌，包括猴头菇、虫草等，当地人也知道“这东西不赖”，但如何将宝贝换成钱，他们纷纷摇头，明亮清澈的大眼睛热切地盯住张乐，仿佛希望他能给出一个好答案。张乐没有辜负他们，他开始包装海拔四五千米的野生菌。在这些人迹罕至的地方，生长出的营养价值超高的菌类，下一步将通过藏民的手和张乐的网，卖给更多识货的人。

张乐小团队还发现和推广了一款“崖柏香”。崖柏是藏区高山悬崖上生长的一种珍稀柏树。据说联合国曾经宣布此物种灭绝了。有些崖柏具有长达千年的树龄，是名副其实的“长寿树”，拿崖柏制作的手串，价格十分昂贵，好的能卖到上千元一串。一天，当张乐走进九龙当地牧民帐篷时，见帐篷中间放着一个被烟熏得见不到底色的盆，盆中燃烧着一种他平生未见的树段，但那不是普通的树段，因散发的香气令人精神为之一振，竟有提神醒脑之功。张乐很兴奋，连忙问这是什么？对方告诉他这是崖柏，烧了可以安神、醒脑，还能熏蚊虫。张乐回去后赶紧翻书查找，他查到了在李时珍的《本草纲目》中讲过“崖柏香”，对人体有百益而无一害，熏香能助眠，能醒脑，而且安全无任何毒副作用。

现在，经张乐重新包装的“崖柏香”已经在买趣网上架了。这是用做手串、家具等剩下的崖柏边角料，重新压制，制作成小塔形状的“倒流香”，价格亲民，但效果实在不错，一经面世，便汇聚了好多“粉丝”，大赞在“买趣网”真的能买到“奇趣和惊喜”。

“买趣网的商业模式可以称为 F2B，从农户或农村合作社直接到超市。”张乐很有信心地表示，他的目标是未来三年内，让网站商品交易额突破 10 亿元，“包装的产品种类超过 10 万种”。“我们立志做全国最专业的农产品运营商。”说起未来愿景，张乐底气十足，“我这也算是精准扶贫了吧”。

买趣网上的“国际货”

2016 年 5 月，青白江政府主动找到买趣网，全面了解张乐的创业项目。随后，张乐的办公场所也搬进了青白江区的蓉欧创业大院，在这里，有政府免费提供的场地。但在张乐看来，政府起到的作用，更重要的还在于帮助他对接资源。“我们的客户很多，缺少的是农产品资源，因此很多客户的需求满足不了。”张乐说，但青白江区政府及时帮助他渡过了难关。政府给他们对接了很多农产品资源，也给了他们很多政策方面的指导。

张乐微笑着说，通过政府的牵线搭桥，买趣网先后包装了甘孜州的牦牛肉、松茸、中药材产品，以及简阳飞龙乡的胡萝卜、山药等农产品。如今，买趣网上的农产品早已不局限于青白江本地，而是已经覆盖全四川。“我们帮农民把农产品卖掉，并提供基地认证和订单轮转服务，帮助农民提高收入，所以我们也属于精准扶贫项目。”张乐说，政府的重视和认可，也给了他很大帮助。“政府给我们提供了很好的平台、货源和销路，给了我们很大信心。”

除此之外，现在买趣网不但做“国内商品贸易”，还借助中欧班列，开始销售起跨境商品来。买趣网已经能找到来自原产地俄罗斯、白俄罗斯、哈萨克斯坦、波兰、德国等地的商品。对此，买趣网人力资源部主管宋蕾女士说道：“这都是借中欧班列的东风，中欧班列走陆路运输，和航运比起来，价格很占优势。现在，在我们买趣网上买一瓶欧洲著名品牌的红酒，可能要比在外面商超便宜 30% 到 50%。”

买趣网上货品琳琅满目，来自欧洲的母婴用品、饼干、巧克力、红酒，还有“原汁原味”的洗发水、沐浴液等，应有尽有，而价格上的优势和购买的便利性也令消费者竖起大拇指，连说“不错”。买趣网虽然从诞生到现在，不过短短两年多时间，却已经创出了自己的口碑，还有不少代理商主动来找张乐合作，共同推广产品，将优质却“养在深闺人未识”的好货，通过买趣网，推荐到更多人面前。

比如代理“诸葛酿”和“朕在泡”的总代理，他来找到张乐时，一脸的愁云密布，眉毛也挽了大大的结。他拿出自家产品，张乐认真检验了，觉得东西是很不错，就是一直不温不火的，没有真正打开市场。“诸葛酿”的手工酱油，是直接可以泡饭吃的好酱油；而“朕在泡”，设计了萌萌哒熊猫形状的迷你泡菜坛子，配一瓶泡菜水一起售卖，到时，买家将泡菜水倒进洗净的小坛子，再将洗净的蔬菜丢进去，就可以“坐等泡菜熟”了，比一只茶杯稍大的迷你泡菜坛，非常适合白领放在办公室，午餐时能吃到美味爽口的新鲜泡菜。张乐答应一定好好做推广。他认为，好的产品是需要去挖掘、去包装，才能真正打开市场知名度，得到广大消费者的认可，而他，愿意走这条艰辛但趣味十足的路。

“80 后”的张乐充满活力与干劲，不仅在短短几年内将团队规模由六人扩展到数十人，还在 2015 年顺利获得了

600万元天使轮投资。他说，团队就是十个手指抱成团，心往一处使，劲儿往一处攒！最重要的，还是要问问你们的心，创业就只为瞄准商机去“赚钱”吗？——蜿蜒崎岖的十公里山路、走不出大山的清泉“土鸡蛋”、老一辈农民的坚持和守望……还有许多让我们放弃利益也必须去做的事。

买趣网是山东小伙张乐带给大家的一个奇迹，自网站成立以来，不仅实现了短短3个月就盈利的传奇，截至目前销售量达到6万多笔，交易金额1千多万元。说起能入驻蓉欧创业大院，张乐感触良多：“‘互联网+’是一个整合资源的行业，尤其是农产品，更要整合产地政府、产品、消费者、物流、宣传以及各种中间环节，此次入驻创业大院，恰好是在资源整合上给我们提供了机遇。”张乐表示，乘着“蓉欧创业”东风，买趣网还期待着更好的发展。“蓉欧创业大院是创业者的乐园，这里有功能齐全的创业场地、高效优质的政务服务，更重要的是有一群与自己一样为梦想奋斗的年轻创客群体。”

买趣网整合本地农副产品，打破传统农特产品交易模式，将“采购商和供货商”直接对接，取缔中间环节直接交易，以“订单寻求供货商”的“农产品+互联网”为模式，提供在线现货货源、求购信息等，这一模式创新也获得了青白江区政府的高度认可。“加快发展农村电子商务，是创新商业模式、完善农村现代市场体系的必然选择，也是提高农民收入、释放农村消费潜力的重要举措。”青白江区农林局相关负责人说。基于这些考虑，近年来青白江区注重扶持农村电商发展，日前青白江区启动了农副产品全面触网工程，通过打造统一的区域品牌和网络销售平台，建立农副产品质量和追溯体系，当地将重构农业生产模式，推动全区农业产业的转型升级。

入驻蓉欧创业大院后，张乐有了更多的新想法，“我们打算开展农产品品鉴会等活动，通过线上推广、线下品尝，扩大买趣网的影响力，让更多的老百姓了解、信赖买趣网的产品。”期待未来，我们能在买趣网上，发现更多的“趣点”！

第四章『水袖』长抛：『蓉欧+』让成都与世界共舞

“一带一路”和长江经济带是国家推进东西双向开放、构建全方位开放新格局的重大倡议和战略。位于中国西部的成都，因此被赋予一个全新坐标，拥有了崭新的地理意义：从地图上看，成都恰好处于两大战略的交汇点和最重要的发力点——向西，是面向欧洲的桥头堡；向东，是“长江经济带”西部重镇；向南，是“孟中印缅经济走廊”的北方门户。

站在时代发展前沿的成都，经济日新月异发展，正依托长袖善舞的“蓉欧 +”战略，充分而有效地发挥产业间的关联效应，不断完善配套设施建设，通过通道建设与物流发展，带动进出口增长和产能转移。一方面，积极打造成都国际铁路港，建设“蓉欧+”陆港产业园，重点吸引国内面向“一带一路”沿线国家和地区的进出口企业入驻成都。另一方面，发挥铁路运输比较优势，在中欧班列两端分别做加法，使得蓉欧快铁的“触角”变得更加柔软深广，把国内端延伸至国内沿海沿边城市，把国际端从波兰罗兹延伸至德国纽伦堡、荷兰蒂尔堡等欧洲腹地城市。

可以想象，这一计划的实施，将使身处内陆的成都，成为国际口岸城市中的一员。

曾经的成都，处在“蜀道难”的尴尬盆地，与外界沟通不畅，交流困难；今日成都，已将“水袖”舞到了令人咂舌的远方，舞出了一片崭新天地。

话说水袖，是川剧表演艺术中旦角表演必不可少的道具之一。水袖，横空漫舞，如春云，如夏红，如秋月，如冬风，依托水袖的动作，抖、飘、云、提、扬、抛、卷、旋、拴，酣畅淋漓，一气呵成，莫不叫人拍案叫绝。

古人云：“长袖善舞”，故川剧中水袖的设置主要是为了舞蹈、为了表演、为了美化。耍水袖是川剧旦角的基本功之一，水袖舞得巧妙，对表达人物的思想感情和创造优美的舞蹈身韵有重要的作用。《打神》《刁窗》《杀狗》《评雪》《铁笼山》《贵妃醉酒》《三娘教子》等川剧里，都能见到水袖表演。

在《打神》一剧中，焦桂英将左接右指袖、吸腿从风袖、横抓云手袖、滑步双飞袖、双抓耸肩袖、扭结自缢袖等水袖程式进行创造性组合，准确而有层次地表达了焦桂英被王魁抛弃之后，状告无门，怒打海神，最后自缢而亡的悲愤、无奈及绝望的情绪变化和心路历程。而在《杀狗》中的曹焦氏，创造性地运用双手背拂袖、左接右指袖、吸腿从风袖、横抓云手袖、凌空展翅袖、刀花转身袖等水袖组合，将焦氏虐待婆母的恶行受到曹庄的怒斥后，始而抵赖耍刁，继而撒泼发横，最后惊惧求饶的心理变化和行为过程，生动而递进式地展示给观众。水袖要耍得既有气势又有分寸，才能给观众以翩如惊鸿、矫若游龙的感受，让观众得到生动淋漓的艺术享受。

水袖善舞，不但“向外”舞得风生水起，“向内”同样也舞得花姿摇曳。同样，“蓉欧+”战略的对内通道也在积极拓展，目前以成都青白江为始发站的国内线路，已相继开通了到上海、宁波、厦门等地的快速铁路货运五定班列。在全面打通国内集散网络的同时，实现向东辐射日韩，向南辐射我国港澳台地区，向西南辐射东盟及南亚等区域的互联互通，“蓉欧+”通道网络的战略愿景得到初步实现。

如今，随着国际国内两张网络的加快成型，“蓉欧+”总体战略已成为成都全面把握“一带一路”倡议历史机遇，果断布局，冲破竞争以真正打造“新的主力通道、新的欧亚枢纽”的中心战略。

善舞水袖的“蓉欧+”，姿态优美从容，正向我们大步走来。

第一节　蓉欧＋通道：织线成网

青白江区新闻中心副主任刘有贵，一个川剧老戏迷，出于一个新闻人的职业嗅觉，他这几年把对川剧的兴趣全转移到了对“蓉欧+”战略上。他告诉笔者，“蓉欧+”战略的目的就是要打造“经济崛起之纽、通达全球之脉”。

2017年7月13日在成都市文联组织的以“创作文艺精品，发展天府文化”为主题的重大工程项目采风座谈会上，成都市国际铁路港的党工委书记何正海介绍道：中欧班列，国外物流网部分主要呈三条干线分布——中线：成都至罗兹（库特诺），是中欧货物的核心运输通道，终点站延伸至波兰库特诺、德国纽伦堡、荷兰蒂尔堡等欧洲节点，是中欧货物的核心运输通道，直接深入亚欧腹地，覆盖中西欧及南欧等地区；北线：成都至俄罗斯，覆盖独联体及其他东欧国家；南线，是目前中亚班列的自然延伸，于2016年9月正式开通，运行时间约15天，这是我国开通的第一条南线中欧班列，近期通过阿拉木图覆盖中亚地区，远期通过伊斯坦布尔覆盖西亚及南欧，并通过巴基斯坦延伸至南亚。

何正海神采飞扬，侃侃而谈道：在最新的“蓉欧+”战略核心部分中，成都要织密的不仅是国内网络，还有国际集散网络。国内物流网方面，互联互通班列开行范围拓展至天津、青岛、广州、南宁等10个以上沿海沿边沿江节点城市。已开通到厦门的货运班列，把厦门和台湾两地连接起来；开通到广西凭祥和云南河口的班列，把东南亚地区联通起来；开通到广深的货运班列，和港澳地区联通起来；开通到上海和宁波货运班列，把长三角地区以及与日韩地区连接起来，这样泛亚和欧洲之间通过“蓉欧+”实现了互联互通。

坐拥优质国际空港与国际铁路港的成都，有着辐射欧亚的区位优势。目前，成都正着力利用这种优势，依托中欧班列加速织线成网。

厦蓉欧：中欧班列越海峡

从厦门开出的中欧班列，起点位于厦门海沧，途经成都，从新疆阿拉山口出境，终点为波兰罗兹市。2015年8月16日，首趟中欧（厦蓉欧）班列从厦门海沧出发，8月19日到达成都青白江铁路口岸，这是中欧班列开行的首个延伸班列，也是国内唯一由自贸区开出的中欧班列。从厦门“搭乘”该班列到达欧洲的货物，相较于传统铁路运输将节省一半时间，节约四成左右运输成本。此趟班列16日从海沧出发，装载货物以电子产品、轻工机械、建材产品、日用品等为主。这些货物在成都短暂停留后，对接蓉欧班列，于31日运抵欧洲波兰罗兹。

15天后，这列火车到达了12733公里外的罗兹，并在到达后的1天至3天内，通过欧洲铁路或公路网络，快速分拨至欧洲各地。2015年8月26日，中欧（厦蓉欧）班列第一趟回程班列又满载欧洲的农副产品等从罗兹出发，于9月10日抵达厦门海沧站。

2015年9月22日，为贯彻实施国家“一带一路”倡议，充分发挥成都、厦门两市物流通道建设的区位和资源优势，进一步加强两市交通枢纽建设合作，推动两市经济贸易交流，巩固发展长期友好合作关系，成都市人民政府、厦门市人民政府在成都天府新城会议中心举行了《成都市人民政府厦门市人民政府关于开行厦蓉欧班快铁、加强经贸投资合作框架协议》签约仪式。[1]

成都、厦门两市合作开行厦蓉欧快铁将中欧班列辐射范围延伸至厦门、台湾，实现了新丝路与自贸区互联互通、优势互补和两市双赢的效果。成都与厦门两市的紧密合作不仅是我国自贸试验区发展的创新点，也是抢占国家“一带一路”倡议高地的助推器。

开行之初，开往欧洲的中欧（厦蓉欧）班列搭载的主要是福建本地产服装鞋帽、电子电器、小商品等货物。很快，看到了经济效益的广东、江西、浙江等省市企业也让产品纷纷搭上了该班列，成为“新晋乘客”。该班列运行仅 1 个月后，就改变了国内大多数班列货运“有去无回”的局面，大量产自欧洲的饮料、饼干、啤酒、奶粉、伏特加、白兰地等商品搭乘中欧（厦蓉欧）班列运抵厦门。2016 年 4 月 24 日，随着首批来自台湾高雄的外接硬盘搭载厦蓉欧班列并顺利发运，厦蓉欧班列正式拓展成“台厦蓉欧”班列。

厦蓉欧班列的开通，改变了以往厦门和欧洲之间的贸易主要依赖海运和空运的历史，而且具有明显的比较优势。与海运相比，即使用快船，厦门到欧洲也要 30 天至 45 天，而厦蓉欧班列只需要 15 天左右，时间缩短了一半以上。如果采用空运，时间短但费用高，厦蓉欧班列运费仅仅是空运的五分之一左右。[2]某台湾企业家表示，台湾企业许多是做进出口的，不管原料出口，还是出口产品到国外去，运输的时间和成本都是大问题。现在有这样的运输路线，时间会缩短很多，对于市场的竞争力帮助是很大的，也可以借这个机会把国外东西带进来。

厦蓉欧班列的开行，为国内货物出运欧洲，我国台湾地区货物经厦门转运欧洲，以及欧洲国家货物出口中国提供了便捷的物流平台和渠道，也为川企打通了面向台湾海峡的出海新通道，弥补了成都不靠海的劣势。

昆蓉欧：七彩云南新丝路

2015 年 11 月，成都市物流办与昆明市商务局签署了关于共同开行昆蓉欧班列的合作协议。11 月 30 日，昆蓉欧班列首趟返程班列到达昆明，这是继厦蓉欧班列首趟返程班列开通后的又一条返程线路。[3]

随着 11 月 30 日昆蓉欧班列从波兰罗兹驶出首次抵昆，12 月 19 日，昆蓉欧班列的返程班列第二列，满载欧洲货物从德国纽伦堡开出抵达昆明王家营中心站。

中国与德国位于丝绸之路经济带的两端，是亚欧两大经济体和重要增长极，不断增长的贸易往来对两国间的物流通路提出了新要求。在“一带一路”倡议背景下开行的中欧（昆蓉欧）班列新线路，由德国纽伦堡直通昆明。该通道打开了中德贸易新通道，将为促进两地经贸合作提供很大的推动力。

浩宏商集园区商业运营管理有限公司某负责人说，公司所持有品牌达 3000 多种，但是大多数都是东南亚、日韩或者澳洲的货品，欧洲品牌很有限，自从第一趟班列抵昆，在公司进口货超市做陈列销售后，欧洲货增加了 30 多种。这样，喜欢海淘的妈咪，即使“足不出昆”也能买到直供的正宗丹麦皇室御用奶粉了。

2015 年，在云南省德宏傣族景颇族自治州瑞丽市银井村“国门小学”，来自缅甸弄英镇的英焕小朋友在读三年级。她的父亲把她送到中国学汉语，同时把她的弟弟送到缅甸学校学缅语，希望将来女儿在中国做生意，儿子在缅甸种西瓜，挣两边的钱，两边都不耽误。英焕父亲朴素的话语“挣两边的钱”，道出了“一带一路”沿线国家百姓共同的心声，也诠释了“一带一路”建设的愿景：让各国人民相逢相知、互信互敬，共享和谐、安宁、富裕的生活。

事实上，英焕之所以能到“国门小学”读书，得益于云南在“一带一路”大棋中的主动作为。地处祖国西南边疆、古代南方丝绸之路要道的云南，是中国开放最早的地方之一。[4]随着昆蓉欧班列货运的开通，该线较海运 60 天可缩短为 16 天，运输成本较空运可降低 3/4。昆明出口欧洲货物，便可直接在昆明铁路集装箱中心站装货，经成都、新疆直至波兰（罗兹站），再至欧洲各国。昆蓉欧班列，可谓七彩云南架设的又一条新丝路，填补昆明与欧洲贸易货运没有陆路通道的空白，为“一带一路”写下最精彩的诠释。

深蓉欧：西部不再闭塞

2016 年 5 月 19 日，“丝路成都：一带一路新通道——‘蓉欧 +’投资合作（深圳）恳谈会”在深圳成功举行，包括招商局集团、康佳集团、香港铜锣湾集团等 70 多家来自珠三角地区的知名企业100余名代表参会。5参会代表了解到，自2015年以来，成都全力实施“蓉欧+”战略，国内已开通厦蓉欧、深蓉欧、甬蓉欧（成都至宁波）等班列，成都至昆明、南宁（凭祥）等互联互通班列也陆续开通，从而实现中欧班列覆盖长三角、珠三角和环渤海经济圈，对接日韩、东盟各国以及我国港澳台地区的目标。中欧班列开通以来，运载“成都造”“中国造”货品到欧洲，已成为“一带一路”倡议里联通欧亚、连接商贸、人文的新通道。

交通的发达程度一般能够衡量这个地区经济的发展程度，“蜀道难，难于上青天”道出了古人对蜀道的哀叹，西部也曾是经济发展缓慢的代名词。随着社会经济的发展，随着西部大开发步伐的加快，西部成都的铁路建设通达四海，架起了与世界贸易往来的桥梁。

在以往的岁月里，由于交通的不发达，西部地区生产的产品要想发到世界各国，特别是欧洲地区，就需要经水路或陆路运到沿海地区的港口，然后再装船经过漫长的海运才能到达目的地。对于一些时效性强的物品，等到达目的地后已经很遗憾地失去了它应有的商机。中欧班列的开行，彻底扭转了交通运输被动的局面，让地处西部的成都由交通不发达的闭塞地区，一跃成为世界贸易的集散地。

中欧班列的开行，彻底改变了西部地区物流成本高，物流效率低，产品辐射半径小，与沿海发达地区竞争力低的局面。中欧班列采取定线路、定站点、定车次、定时间、定价格的“五定模式”运行，无论每趟班列货物有多少，每周准时开行，因而“中欧班列”赢得了信誉。另外，班列在冬季不停运，全程整列运行、中途不解体、不上下货，确保了班列运行的快速直达，为货主赢得了时间，赢得了商机，也赢得了效益，当然也为“中欧班列”赢得了有效货源。

随着“深蓉欧”的开行，使成都成为了一个真正的货物运转枢纽，长三角、珠三角的货物可以通过“深蓉欧”到达成都，然后再运往欧洲地区。一般来说，中欧班列运输时间是传统铁海联运时间的三分之一，运输价格又是航空运费的四分之一到六分之一，这样在时间成本与运输成本方面来看，是处于铁海联运与航空运输之间，对商家来说是比较合算的，既能赢得时间，又能节省成本。“深蓉欧”为商家的产品在时效性方面占得了先机，获得了竞争的资本。

2017 年 3 月，一列挂着“中欧班列·TCL 专列”字样的火车驶入成都国际铁路港——这是中欧班列开行以来开通的首个专列，此次共有两个班列同时发车，除了 51 个集装箱的 TCL 产品外，还装载着其他企业的电子产品。

“目前公司正计划把在国内其他城市的产能转移至成都，在成都打造最大的生产加工基地，然后依托中欧班列的运输优势将产品出口至国外，增强国际市场的竞争优势，扩大东南亚、欧洲等市场。”在专列发车仪式现场，TCL 多媒体运营中心相关负责人称，此次专列共装有 TCL 彩电 2 万多台，总价值 500 多万美元。这些产品产自广东省，通过深圳至成都的班列运抵成都，然后搭乘中欧班列出口至欧洲，“以前公司产品出口至欧洲主要通过海运方式，此次通过中欧班列运输将节省 15 天时间。”[6]

“深蓉欧”的开通，不但改变了 TCL 的运输模式，还将实现新一轮的产能转移。

中线故事：波兰美女爱成都

2013 年 4 月，从成都出发开往波兰罗兹的首班“中欧班列”发车，波兰女孩郭静雯（汉名）就开始了对这趟列车的时刻关注。那时候，她正在电子科技大学国际关系专业读研究生。

和她一样来自波兰的“老乡”不算太多，但郭静雯已经意识到，这趟一端连着成都，一端连着波兰的列车一经开通，两地的往来互通，将进入一个崭新的时代。她觉得自己很幸运，赶上了“趟”，正好见证了这样的时代。郭静雯 2011 年刚来成都时，很多家乡的波兰人听说她在成都留学，都会好奇地问：成都？那是在中国的什么地方？那儿有什么呢？

现在，随着中欧班列的开通，短短几年时间，波兰人再提起成都，都会如数家珍，而无数“成都造”产品，也在波兰走俏，受到人们的追捧。

有人说成都是“一座来了就不想走的城市”，这也是郭静雯 2011 年初来成都的感觉，这第一印象如此强烈，乃至每次回到波兰，她总要滔滔不绝地描述这座中国西部的城市有多么令人惊喜和留恋。她几乎向自己身边所有的朋友推荐成都，描述成都之美好，川菜、川景、川人，甚至成都老茶馆的盖碗茶，都是郭静雯对朋友们“炫耀”的绝佳谈资。

转眼间，时钟转到了2015年，中欧班列正式开通了从波兰罗兹开往青白江的返程班列。此时，郭静雯想“做一些事情”的心愿，迎来了巨大的历史机遇。她惊喜地看到了自己家乡的商品，也能让成都人竖起大拇指，“不仅中国的商品可以从成都运到波兰，波兰的商品也可以通过成都运到中国各地了”。这是郭静雯最幸福的事——在一个像是“第二故乡”的地方，迎来了“第一故乡”的优质商品。

几个月后，2016年6月，波兰哈特兰斯（Hatrans）物流公司就在成都设立了全资子公司“成都波商商务咨询有限公司”，并搭建了波兰精品馆这一波兰商品销售平台。这是第一个落户成都的波兰企业，郭静雯担任销售经理。

郭静雯非常喜欢自己这份工作，当迎来首批波兰商品时，她难掩心中的兴奋，看到这些来自家乡的“熟悉面孔”，瞬间竟感动得泪湿眼眶。

如今，在波兰精品馆的展示架上，琳琅满目的波兰商品整齐摆放，除了饼干、饮料、巧克力、伏特加，还有洗衣液、洗手液等日用品。平均每两个月，郭静雯所在的商贸平台就要迎来一批从罗兹发来的商品。她惊喜地发现，不少平台引进的商品，已经出现在许多成都大型超市中，并且受到成都人的热爱和追捧。

陆陆续续，150多个波兰商家通过郭静雯所在的平台将商品销往中国。最快十几天，产自波兰的新鲜食品就能到达成都买家的手中。这样的效率，源于物流方式的“给力”。成都与波兰罗兹的距离长达9826公里，而目前，经过多次提速，中欧班列这一线的单程运输时间已缩短至10天。时间仅为海运的三分之一，成本仅为空运的四分之一到六分之一。

如同中欧班列发展的神速，郭静雯所在的企业也迅速成长。对郭静雯而言，除了商品贸易的往来，她还希望在更多领域为成都和波兰的合作贡献力量。她所在的公司，下一步的重点发展方向，就是为两地的产业合作、技术交流等提供对接平台和服务。在郭静雯看来，这样的合作之所以大有基础，很大程度上，也是依赖于中欧班列。“真正达成了技术、产业的合作后，合作产品，就可以通过中欧班列向外销售到各国市场”。

波兰美女郭静雯扑闪着大眼睛，作为“乐不思蜀”的波兰人，她为自己亲历了中欧班列“改变了自己两个家乡”的事实，感到万分骄傲。

中欧班列2013年的首发班列，便是从成都到波兰罗兹。作为波兰第二大城市，从版图上看来，罗兹处于波兰心脏的位置，放大到整个欧洲大陆，罗兹也处于中心区域。这意味着，以罗兹为起点，“中国制造”无论往西，还是往北或者往东，罗兹均是最近的中转站。“中国制造”在货场分装后，可乘火车和货车继续旅行。从罗兹出发，除欧洲铁路网，还可以走A1和A2高速路。这两条高速公路是波兰境内公路大动脉，在罗兹城外10多公里处交会。A1从波兰波罗的海港口格但斯克出发，向南延伸到奥地利维也纳；A2起点是俄罗斯首都莫斯科，经波兰之后向德国延伸，最终抵达柏林，从罗兹出发，到达柏林仅需6个小时。[7]

波兰最大物流公司Hatrans公司董事局主席、中欧班列CEO托马斯深情地说道："古丝绸之路是古老的，是一条延续了两千年的经贸走廊，连接着中国与西方，在经济文化交流方面有着不可磨灭的作用。而如今的中欧班列，我个人认为，它就是一条'新丝路'。'一带一路'目前已是中国国家倡议，这是四川的新机遇，更是罗兹的新机遇。有了中欧班列，成都已成中国西部内陆'港口城市'，而青白江就是一个国际A级港。以前很多物流企业更多使用海港，比如说上海或宁波。如今成都也是一座港口城，有着更便利快捷和巨大价格竞争优势的物流网，而中欧班列就是承载起这座港口的船。对于波兰来讲，通过中欧班列，将吸引更多四川投资商来到波兰投资兴业。"

北线故事：零件直达明斯克工厂

2011年9月，中国和白俄罗斯两国签署合作协定，在白俄罗斯首都明斯克以东约25公里，共同建设总面积91.5平方公里的中白工业园。[8] 2014年启动的中白工业园是中白两国之间最大的投资合作项目，也是继"中巴经济走廊"后又一个"一带一路"的旗舰项目。

2015年7月7日，白俄罗斯共和国副总理加里宁·阿纳托利·尼克拉耶维奇在我国甘肃参加第二十一届兰州投资贸易洽谈会时表示，白俄罗斯地处欧洲腹地，区位优势明显。中国倡导共建“一带一路”，白俄罗斯将是这一伟大构想实施过程中在欧洲的重要战略支点。

“今天，我们已经有了跨国铁路运输，这些铁路是沿着丝绸之路专门用于现代化商品贸易运输的，把中国的西部同哈萨克斯坦、白俄罗斯、波兰、俄罗斯紧密联系在一起。”加里宁说，我们认为丝绸之路经济带的建设这一宏伟项目会把我们各国更为紧密地联系在一起，会把各大洲、欧亚大陆各个地区紧密地联系在一起，这对进一步促进本地区各国的社会经济发展将起到极为重要的作用。

加里宁认为，白俄罗斯对于实施丝绸之路经济带建设具有非常重要的优势，“我们不仅仅位于丝绸之路商旅之上，我们还位于波罗的海、黑海沿岸，并与俄罗斯联邦有着紧密的地理渊源。通过发展现代化的交通基础设施以及交通枢纽，我们能够协助相关国家把自己的产品运往欧洲市场。”[9]

随着中国与白俄罗斯交流日益频繁，白俄罗斯首都明斯克出现了越来越多的中国面孔，他们中的不少人还在当地收获了爱情，演绎着浪漫的爱情故事。

来自中国珲春的刘贵宾和土生土长的白俄罗斯姑娘纳斯佳是明斯克经济大学的同班同学。最初，纳斯佳被老师安排来帮助学习稍显吃力的刘贵宾。时间长了，美丽开朗的纳斯佳令刘贵宾心生爱慕，而刘贵宾的真诚与善良也打动了这位白俄罗斯姑娘。纳斯佳主动和学校里的中国同学交流，这让她对自己的中国男友有了更深入的了解，姑娘深深动心，并最终决定与他步入婚姻殿堂。

2017 年，中欧班列的“北线”，便开通到了白俄罗斯的明斯克。北线定期开通的确定，与中俄经济关系的向好发展密不可分。2016 年，中俄双边贸易额达到 695 亿美元，比 2015 年增长 2.2%，在我国前十位贸易伙伴当中率先实现了正增长。而据商务部前部长高虎城透露，能源、航空、航天、跨境基础设施等领域将是 2017 年中俄合作的重点。这也为中欧班列进一步布局高端产业提供了广阔的基础。

2017 年 3 月 1 日，“‘蓉欧快铁’北线成都至白俄罗斯定制班列”首发仪式在成都国际铁路港集装箱中心站举行。[10]

“呜……”作为向市场正式推出的第一个中欧班列北线班列产品，16 时许，满载集装箱的中欧班列车头佩戴大红花，在近百位由中外媒体和嘉宾组成的“亲友团”欢送目光下驶向白俄罗斯。

启动、离港、提速，车轮飞转，中欧班列列车逐渐消失在视线中。吉利汽车集团成都基地某负责人这才收回凝望的不舍目光。“终于放下心了，这批货能保质保速地运往明斯克工厂，中欧班列功不可没。”

“宁波生产，成都运输，明斯克组装，要造出一辆吉利整车，离不开国际多地的资源聚集，更依赖于现代物流的穿针引线，中欧班列就是这根针。”负责人感叹道。而搭载吉利零配件的中欧班列北线定制班列刚刚开行，市场、企业就已感知到成都的温度和速度。

从定制到开行，只有两个月的时间。“吃螃蟹”的吉利汽车尝到了甜头。此次搭载定制班列的是从宁波和成都集货的吉利汽车零配件，货值近60万美元。首发的定制班列应吉利汽车集团的要求，从新疆阿拉山口出境，经哈萨克斯坦、俄罗斯，最终抵达白俄罗斯明斯克吉利工厂——目前东欧最先进的汽车组装工厂之一，全程8866公里，运行时间为12天，可谓从成都口岸到工厂厂房的全链条无缝对接。这批成都来的零配件将用于组装吉利一款名为博瑞的新款车型，主要销往东欧和中亚。

“铁路运输不仅能保证产品质量，还能缩短运输距离，把这些配件定期发过去组装生产，会给公司发展带来更多便利。”这位负责人表示。通过中欧班列运输，大大节约了综合成本。之前公司主要采用的是“公路+海运”的运输方式。而中欧班列全程集装箱密封，比海运露天运输更能保护产品，又少了贴膜成本。更重要的是，以往运输大约需要40多天运输时间，现在通过中欧班列运输，铁路延伸直达工厂，仅需12天左右，缩短了3/4的运输时间，相应缩短新车生产周期，方便资金流转，综合成本节省不少。

2017年5月20日下午5时30分，一列满载41车板材的列车缓缓驶入成都城厢火车站。这些环保板材来自白俄罗斯，由“木头来了”通过中欧班列运抵成都，板材是成都一家家具生产厂家定制的。未来，它们将进入四川寻常百姓家。[11] 这是中欧班列北线首趟返程的班列抵蓉，也是一趟定制班列。当地时间5月6日12时，它从白俄罗斯出发，一路向东，跨越8000多公里，经由阿拉山口，历时14天抵达成都。

目前，中欧班列北线以定制线路为主，为有需要的客户专门开行列车。返程班列的开通，将促进北线双向稳定开行，来自俄罗斯等国家的优质木材、家具等将通过成都铁路口岸进入中国市场。

南线故事：跨越欧亚的伊斯坦布尔

作为我国第一条开通南线的中欧班列，2016年9月6日，正式开通了成都—伊斯坦布尔的路线，标志着“蓉欧+”战略海外辐射范围扩展至中亚、南欧地区，进一步提升成都的对外贸易能力，推动与“一带一路”沿线国家经贸密切往来。当天，装载着来自全国多地产品的41个集装箱，满载服装鞋包、餐具等日用百货，从成都国际铁路港出发，在15天后抵达土耳其。

“目前，大部分中欧班列都是经新疆阿拉山口出境，通行能力受到限制。成都至伊斯坦布尔中欧班列是成都国际铁路班列公司为适应市场，进一步满足客户需求开发的中欧直达铁路班列，是不同于中欧班列的一条新的物流通道，避开阿拉山口改由霍尔果斯出境，是为客户量身打造的集铁路、水运、公路于一体的多式联运定制班列产品。”[12]成都国际铁路班列公司某负责人说道。线路全程采用了“铁路 + 水路 + 公路”的多式联运方式，尽管运输方式复杂，但成都国际铁路班列公司负责人认为，“开这条线值！”这是成都面向南欧的一条物流干线。从地图上看，成都—伊斯坦布尔班列行经亚洲、欧洲国家，最后停驻在横跨欧亚大陆的土耳其，可实现对南欧国家的辐射。

作为中欧班列辐射欧洲南部的重要线路，成都—伊斯坦布尔班列由成都国际铁路港始发，经新疆霍尔果斯口岸出境，途径哈萨克斯坦、阿塞拜疆、格鲁吉亚等国。全程经2次铁路、1次轮渡运抵土耳其伊斯坦布尔，相继到达站点包括阿克套、巴库、波季和伊斯坦布尔等地，运输里程约1.3万公里。如今，中欧班列已经实现“三线”并行，“朋友圈”越来越大，通过中线可以到达波兰罗兹，南线到达土耳其伊斯坦布尔，北线到达俄罗斯莫斯科。事实上，中欧班列也在开通新线路的同时不断增加其联通的城市。根据现有的规划，北线将延伸至俄罗斯的莫斯科与托木斯克，中线将进一步拓展到捷克布拉格、意大利米兰，而南线也将继续与伊朗德黑兰相接。

据百度百科的“伊斯坦布尔”条目介绍：土耳其的伊斯坦布尔是一个处于亚欧交汇地的城市，自古以来就是东西方文化集合的地方，它吸收了不同地域、不同民族的文化精髓，形成了独特的风格。伊斯坦布尔位于巴尔干半岛东端，博斯普鲁斯海峡南口西岸，是土耳其经济、文化、金融、新闻、贸易、交通中心，世界著名的旅游胜地，繁华的国际大都市之一。伊斯坦布尔之所以闻名于世，主要原因之一是其得天独厚的地理位置。伊斯坦布尔是一个同时跨越欧、亚两大洲的名城，位于土耳其西北部马尔马拉地区，而位于黑海和马尔马拉海之间的博斯普鲁斯海峡及金角湾横贯其中。作为古代三大帝国——罗马帝国、拜占庭帝国以及奥斯曼帝国——首都的伊斯坦布尔，保留了辉煌的历史遗产，是土耳其人民值得骄傲的城市。

伊斯坦布尔有着良好的商业氛围，在奥斯曼时期，它就因其独特的地理优势，成为欧亚之间重要的商品集散地，欧洲人和亚洲人都把各自独特的商品汇集到这里进行交易。当时丝绸之路从西安出发，经中亚到波斯，再到小亚细亚，伊斯坦布尔是最重要的终点站和集散地，货物由此转运欧洲。

中欧班列开行成都至南欧的物流干线，不仅是战略布局，更有现实需求。成都货物抵达土耳其后，可快速且便捷地发运到周边国家和城市。铁路运输比海运要节约 20 ~ 30 天时间，比航空要节省 1/2 运费，综合性价比高，因此，不少企业都会选择中欧班列的物流运输方式。

中欧班列，正在织线成网，构建宏阔而紧密的跨境班列网络，让“新丝路”焕发出四通八达、与天下皆相系的勃勃生机。

1. 成都厦门签《开行厦蓉欧快铁、加强经贸投资合作框架协议》. http://sichuan.scol.com.cn/ggxw/201509/54015438.html. 四川在线

2. 薛志伟 . 厦门打造陆海联运枢纽城市 .http://paper.ce.cn/jjrb/html/2016-08/24/content_309813.html. 经济日报

3. 成都签下 6 项“一带一路”合作项目协议 . http://epaper.scdaily.cn/shtml/scrb/20151129/117135.shtml. 四川日报

4. 熊燕、储东华、李莎 . 七彩云南飞架新丝路 辐射中心开放谋共赢 . http://travel.people.com.cn/n/2015/0609/c41570-27124153.html. 人民网

5. 蓉欧快铁近期将每天发车 深圳企业热望走新通道 . http://e.chengdu.cn/html/2016-05/23/content_564234.html. 成都商报

6. 蓉欧快铁首个专列今出发 一路向西 10 天后抵波兰罗兹 . http://sichuan.scol.com.cn/cddt/201603/54407533.html. 四川在线

7. 梁波、闫雯雯、罗提 .10 天 15 小时 9826 公里“四川制造”去欧洲哪儿了？http://www.sc.gov.cn/10462/10464/10797/2015/3/16/10329619.shtml. 华西都市报

8. 林雪丹 . 习主席为什么要去中白工业园 . http://politics.people.com.cn/n/2015/0511/c1001-26980022.html. 人民网

9. 李琛奇 陈发明 . 白俄罗斯将成为“一带一路”重要战略支点 . http://news.xinhuanet.com/chanye/2015-07-13/c_1115901539.html. 新华网

10. “蓉欧快铁”北线成都至白俄罗斯定制班列首发 . http://cnews.chinadaily.com.cn/2017-03/02/content_28403173.html. 中国日报网

11. 席秦岭、李智、杨晨 . 蓉欧快铁这五年 .http://scnews.newssc.org/system/20170523/000781818.html. 华西都市报

12. 张浪 . 首趟中欧班列（蓉欧快铁）成都至伊斯坦布尔开行 . http://news.21cn.com/caiji/roll1/a/2016/0906/20/31514133.shtml. 中国新闻网

第二节　蓉欧＋海空：综合大枢纽

2017 年 7 月 13 日，青白江区委宣传部袁副部长向笔者介绍，成都国际铁路港坐拥亚洲最大规模的成都铁路集装箱中心站和散货枢纽大弯货站，拥有国内领先的国际集装箱物流园区、散货物流园区以及国际化铁路口岸服务功能、专业化总部商务港、西部大型家居建材开放交易中心三大功能集聚区，实现铁路集装中心站、国际口岸、保税物流中心“三位一体、无缝衔接”。

目前，成都国际铁路港已成功获批国家（临时）对外开放口岸、多式联运海关监管中心和多式联运示范工程，保税物流中心（B型）已通过正式验收；汽车整车进口口岸投入运营，平行进口车和宝马（中国）大贸车顺利运抵快速通关；肉类指定口岸已开展肉类进口业务；粮食、水果、原木进境指定口岸正在加快申报建设。

口岸功能的日益完善，彻底改变了西部地区进口欧洲商品主要依靠沿海转关的历史，有利于开辟欧洲商品进口渠道，让商家和老百姓有更多选择。不仅人们的餐桌上更加丰富，可以买到质优、价廉的法国红酒、德国啤酒、波兰牛肉和苹果等欧洲美食，还可以买到更加优惠的欧洲产汽车等高档欧洲商品。成都铁路保税物流中心（B型）的运行，将降低企业资金占用成本，解决企业的出口退税、保税等问题，提高四川产品外销出口的市场竞争力，同时通过建设保税商品展示交易中心，丰富物流业态和形式，促进物流业的国际化和现代化，为推动四川区域外贸发展、更好承接产业转移等发挥重大作用。

在四川获批设立自贸区、成都被定位为国家中心城市的大背景下，“蓉欧＋”战略开辟了成都通向“一带一路”沿线国家以及欧洲的重要通道。这不仅增添了成都加快建设西部综合交通枢纽的砝码，更将进一步助力成都建设国家中心城市。

成都将建设成为国家级国际空港枢纽、国际铁路枢纽、高铁枢纽、高速公路枢纽和区域通信枢纽城市。

未来，成都将加快天府国际机场建设和双流国际机场扩能改造；深入实施“蓉欧＋”战略；并将强化对外高速铁路通道建设，形成多向高铁通道。还将构建中心城区与近郊区（市）县的立体换乘公共交通运输服务体系，推动市域铁路公交化运行，力争2020年形成200公里铁路公交化运营网络。

成都已成开放前沿城市

中欧班列从成都出发，10天时间，即可到达波兰罗兹，是国内开行最稳定、运行时间最短、市场化程度最高的中欧班列。

对于发展中的成都来说，中欧班列至关重要，它打通了与欧洲的陆路大通道，使成都与欧洲的时空距离从以前港口海运的40多天缩短到10天，大幅提升了成都在国际贸易竞争格局中的优势。更重要的是，它改变了成都对外开放的格局。伴随着中欧班列的开行，成都西向开放的通道被打通，全方位开放的格局得以确立，成都正从不沿边不靠海的西部内陆城市变得开放前沿。

其实，细观中欧班列的运行线路图，可以准确展示成都地处"一带一路"上的中心位置。向西，通过中欧班列，可以联通欧洲南北中三线；向东向南，中欧班列的揽货和辐射范围已经到上海、深圳、宁波、厦门等10多个城市。而成都，正好位于这两个巨大市场的中心。4年来，中欧班列已开行超过600列，2017年的目标更是1000列以上，呈现快速增长态势。

“一带一路”沿线一批重大项目，如铁路、公路、港口、电网、油气管线等，已经取得突破和早期收获。与“一带一路”国家“做生意”，让更多的“成都造”走出去，已经成为行业共识。

随着全国铁路大交通网络不断完善，国际铁路路线不断向欧洲、西亚等区域扩展；中国铁路建设技术的快速发展，使铁路运输周期进一步缩短，运输成本出现大幅度的降低，相对于航空、海运运输更具有成本优势，铁路运输现发展成为国内外众多进出口企业主要选择的运输方式；过去由公路、海运为主运输的集装箱纷纷转向了铁路运输。世界经济快速发展、经济大体量促使集装箱运输需求量快速增长，进一步推动铁路物流发展迈向巅峰。更多的货物、资金及优秀的物流企业向铁路集装箱中心站聚集，有编组站的铁路集装箱中心站将发挥集群运输优势，更具有不可替代的领先地位，促使铁路运输的交通枢纽中心经济圈快速形成。因此，有铁路集装箱编组站的地方才是商业物流信息流资金流聚集的价值洼地，而成都铁路集装箱中心站作为亚洲最大的铁路集装箱中心站，成为“聚宝盆”式的财富宝地。[1]

近年来，众多国际知名的物流企业都选择落户青白江，为何会如此青睐青白江呢？其中自有奥秘——随着中欧班列稳定双向开通，“蓉欧+”战略带来的效应日益显著，成都以及西南地区的企业将享受到便捷的物流通道和更低的物流成本，通过返程班列，成都与欧洲往来贸易将更为活跃和紧密，青白江区产业升级与吸引企业，尤其是大物流企业来此实现了完美匹配。

作为中国西部通往欧洲的桥头堡，成都市青白江区依托亚洲最大的铁路集装箱中心站，借助开行的中欧班列，其服务的半径和对象已经跨越了国境，可以随着中欧班列的足迹延伸至中亚、欧洲腹地以及非洲大陆。此外，青白江成都国际铁路港开展自贸试验区建设，也将大幅提升西部产业体系的国际竞争力。

未来，青白江将大力增强城市网络化功能体系中的国际铁路枢纽和物流中心功能，加快推进国际铁路港建设。对此，“成都人”霍米茨基对此深信不疑。

2016 年 4 月 7 日，塔德乌什·霍米茨基从时任成都市市长唐良智的手里接过一本滚烫的荣誉证书，成为新晋的成都市“荣誉市民”。这位“成都人”戴黑框眼镜，着浅色衬衣，身材高大挺拔，将证书放在胸前，笑得合不拢嘴。[2] 作为波兰前驻华大使、现任波兰外交部巡回大使，塔德乌什·霍米茨基每年都是成都的座上宾，力促成都与波兰进行密切合作。中欧班列、波兰驻成都总领事馆、罗兹与成都结为“姐妹城市”，霍米茨基一直致力于搭建成都与波兰的友好桥梁。

霍米茨基出生在一个典型的波兰家庭，父亲是一名音乐家，爱弹钢琴，母亲是白领丽人。霍米茨基从小听着悠扬的钢琴声长大。到了学校，霍米茨基成绩很好，但他并不是个书呆子，特别喜欢背着大背包，搭乘陌生人的车到欧洲各国走走看看。年轻的霍米茨基，有颗热血跳动的心，脚步跟着梦想，一直在路上。

1980年，他在华沙大学读社会学。毕业后，在200：1的奖学金竞争中，他得到了去英国牛津大学继续深造的机会。1991年，他去意大利读书1年，学习国际关系和经济。然而，求学回国后，他求职的道路并不顺利。为了谋生，他打过一些零工，当过建筑工人，也当过油漆工。1989年，他已经27岁了，才终于找了一份全职工作，在华沙大学当老师，教授社会学。

1992年，30岁的塔德乌什·霍米茨基迎来人生的转折点。他的一个朋友告诉他："你有外国学习和生活的经验，为什么不去外交部工作呢？"一语惊醒了梦中人。

而当时波兰的社会环境也为他提供了一个大好机会。在上个世纪90年代，波兰经历社会转型、重新建设国家时期，外交部也在进行着新变革。相比现在的正规考试，那时候选拔人才最主要考能力，比如说外语或有特殊技能，而不看重于考试成绩。在经过一个简单考试后，他顺利敲开外交部的大门。

进入外交部后，塔德乌什·霍米茨基变成了一个彻头彻尾的工作狂。初入外交部，他只是一个在基层工作的小职员，每天都加班。很快，他就升职到所在处室的处长。当了处长后，他就花更多时间在办公室，回家得更晚，后来继续升任办公厅副主任、主任。他的每一次升职，都意味着加班时间延长。

2008年，在塔德乌什·霍米茨基担任波兰外交部亚洲及太平洋司大使衔司长。在波兰的办公室里，他转动着地球仪，中国西部的数百个城市中，他将目光定格在成都。“波兰应该在中国西部设立一个总领事馆。”塔德乌什·霍米茨基回忆说，他的这一想法非常坚定，当时外交部列举了3个备选城市，他认为成都是最好的选择。

2008年到2011年，由于当时的全球经济危机，波兰外交部预算紧张，所以，虽然他萌生了这个想法，但是行动暂缓。

2009年，他出任波兰驻华大使，来成都访问后回到波兰外交部，更加坚定了他的这一想法。“中国西部潜力巨大，我们应该在那里开一家领事机构。”可选址是最难决定的问题。当时波兰外交部的意见并不统一。

塔德乌什·霍米茨基说，波兰外交部的官员讨论了很长时间，但成都依然是他的首选城市。

其实，早在2011年，已有不少中国城市想开通到波兰的铁路交通线，通过波兰连接整个欧洲。“有几个城市和我交流过这个想法，但我认为成都是最有优势的。”话语中，霍米茨基毫不掩饰对成都的青睐和“偏爱”。

作为驻华大使，他非常想让这个项目尽快运行起来。他与中国及波兰的企业家、铁路建设方多次交谈，在波兰当局的会议中，他都力挺成都。

其实在中欧班列开通之前，有些波兰人存在担忧。因为，在波兰市场上，已有很多中国产品，波兰对中国存在贸易逆差。有的波兰人担心，一旦开通中欧班列，会进一步增大双方的贸易逆差。所以，中欧班列既是机遇更是挑战。经过商议后，波兰政府认为通过这条交通大动脉，波兰商品也可以运输到中国来，融入“一带一路”发展倡议。

2013 年 4 月，中欧班列开始运行。这是中国到波兰的第一条铁路，促成了波兰在成都设立总领事馆。

“对于波兰与四川交流合作，中欧班列和总领事馆就是主要的骨架，在这个骨架的支撑和帮助下，双方加强经贸与文化交流。”塔德乌什·霍米茨基说，下一步就是鼓励更多波兰企业到四川寻找合作机会。成都将变成波兰企业了解中国的窗口。

中欧班列的市场化运作

在利用中欧班列构建对欧贸易枢纽大战略上，成都与众不同的思路是突出以市场化方式形成中欧班列竞争力，并从一开始就以市场化方式运作。

致力建设一个价格透明的对欧物流公共服务平台。正是基于这一目标，中欧班列运行伊始就确定了发班时间和价格稳定，以保证外贸企业能够制定中长期生产计划，不会被班列运行计划调整打乱。

“拼箱”就是中欧班列打造公共服务平台一种有效手段，成都泛亚国际货运代理有限公司某主管介绍：“大多数中小企业一次托运货物很难装满一个标准集装箱，单个集装箱的运费他们也难以承受，通过公共平台把一些中小企业的货物集中在一个集装箱运输就比较容易解决这一问题。”

长期以来，包括成都、武汉、重庆在内的中西部城市，由于位于大陆腹地，开展对外贸易的主要渠道是经上海、深圳“出海”，经马六甲后运抵欧洲，或通过国际航线进行空运。但随着大量IT产业“西移”，对产品的运输时效性提出了更为严格的要求，而传统的海运不能满足这一需求。以成都为例，货物首先要从泸州港进长江，需要55天时间才能到达欧洲。尽管空运时效性高，但较高的物流成本并不适合所有客户。

因此成都、重庆、武汉等中西部城市均在积极争取优势产业转移的基础上，抢先构建向西开放的“桥头堡”。实际上，谁能率先解决交通运输问题，谁就将获得更多产业落地的机会。

面对多个城市的竞争，成都希望找到独有的优势。成都自古就是南丝绸之路的起点、北丝绸之路的重要生产地，如今“丝绸之路经济带”上升为国家战略，成都希望更上一层楼。成都作为成渝经济区双核之一、交通物流商贸金融辐射影响力最大的西部城市，有望成为建设丝绸之路经济带的驱动引擎。

成都在亚欧通道的竞争上首先提出“五定班列”。在“五定班列”基础上，成都将“中欧班列”的物流服务面向社会开放。和经济发达的欧盟国家相比，波兰相对低廉的物价将进一步降低运费。罗兹的分拨中心覆盖欧洲国家及独联体国家，货物可在1至3天内通过欧洲铁路或公路网络快速分拨至欧洲任何地方。而且因为具备欧盟及俄罗斯与独联体保税优惠条件，可分别为欧盟及俄罗斯与独联体客户提供运抵缴税及延后160天缴税的便利。

速度优势亦被成都所考虑。此前，川内货物出口到欧洲市场，海关手续复杂、拼车等待时间较长。在多方努力下，中欧班列采取“一次申报、一次查验、一次放行”的“属地申报、口岸验收”的快速“区域通关”模式，企业通关时间因此至少节约了2天。[3]

“时尚达人”余洁，便享受到了中欧班列的拼箱优惠。

“80后”的余洁是土生土长的青白江人，性格开朗的她从小就喜欢时尚的东西，喜欢听老师讲世界各地的趣事。还记得刚上高中那会儿，余洁从电视上看到不少明星穿喇叭裤，自己也想要一条。于是她攒下零花钱，跑到当时比较繁华的广汉市买了一条喇叭裤，还配了一件紧身衣。第二天，这一身装扮的她就成了校园的一道亮丽风景线。“哇，余洁穿的是很流行的喇叭裤。”“好好看！在哪里买的呀？”……余洁成了学校第一个穿喇叭裤的人，并带动了一大批女生争相购买；当其他女生把头发剪成可爱的“妹妹头”时，余洁却大胆地尝试了更洋气的“小男式”……就这样，她成了学校小有名气敢于“弄潮”的时尚达人。

2002年，高中毕业，余洁有幸观摩了在广汉民航飞行学院举办的特飞节，并参加了当天的晚会。

那天晚上，兴奋的余洁为自己选择了一件白色T恤、一条牛仔裤，简洁而干练。可刚踏进晚会现场，余洁就惊呆了：男的好绅士，女的好优美！尤其是立陶宛的一名女飞行员，脱下了飞行服，着上一身红色晚礼装，简直惊艳全场。

再看看自己自认为很潮的穿着，在那种场合显得那样格格不入。余洁明白了，服装不仅仅是追求时尚，在某些场合，更是一种礼仪的表现。

那次经历过后，余洁决定了自己上大学的专业——英语。她想了解世界各国的文化，想了解世界各国的时尚，语言是必备的敲门砖。

大学 4 年里，除了课堂，余洁还喜欢参加各类活动，喜欢与外教老师一起交流，丰富自己的阅历。毕业后，余洁只身一人去了江苏，她想到繁华的地方去闯闯，开开眼界。

凭着一口流利的英语和大方自信的自我推荐，很快，余洁在江苏谋到了一份国际酒店营销策划的职位，出色的沟通能力让不少外企对她另眼相看，也为酒店创造了不错的业绩。2006 年，余洁每月已经能够拿到 7500 元的工资。

2008 年，为了家庭，余洁选择了回到家乡青白江。随后，她在新都一家建材厂担任外贸总监，她经常带着厂里的产品参加国际展会，在世界各国飞来飞去。

世界那么大，已经有了一定历练的余洁开始想拥有属于自己的事业。2013 年，余洁辞职了，趁着生孩子休养的机会，开始谋划自己的事业。

既然要创业就要想好到底干什么，怎么干。良好的发展环境，是大众创业的必要条件。盛华市级科技企业孵化器、青年（大学生）工业创业园、蓉欧创业大院……青白江搭建起了众多的创新创业平台；同时推进行政审批制度改革，有效降低创新创业门槛，构建创新创业生态体系和创新创业高地。如今的青白江创新创业热情高涨，又有着成都国际铁路港、中欧班列这样国际性的优势，余洁思考着干点和老本行外贸相关的事情。

由于之前多年的涉外经历，余洁接触了许多国外友人，了解到了穿衣打扮和服饰礼仪上不同的理念。原本就抱着对服饰搭配的喜爱，余洁和好友一起创立了“洁欢服装”工作室。“洁欢”——取自两个好友的名字，加上皆大欢喜的美好寓意，一家专注于进出口外贸服饰的工作室应运而生。

余洁对自己工作室的服装，如数家珍：“这条裙子是韩国的，款式和质地相当好；这套工装是日本的，样式独具一格。”余洁一边挑出各种衣服，一边侃侃介绍，对漂亮衣服的喜爱简直溢于言表。

“女人嘛，天生都爱漂亮，所以我选择做进出口服饰贸易，希望把更时尚和更优质的服装带回青白江。”余洁的工作室有专业的买手从欧美及日韩厂家选货，在注重款式的同时，也注重质量和舒适度，价格却远比外面亲民很多；除了服饰，她们还为顾客做整体形象设计，“什么样的发型、脸型搭配什么样的服饰，我一眼便知”。余洁侃侃而谈，满脸自信。

对于今后的发展，余洁早已有了打算。工作室会以加盟店的形式陆续发展；她还将借助青白江国际铁路港的优势，搭乘中欧班列的东风，着手进口红酒、零食的生意。“这么好的本土资源我不能浪费了呀。我还想着有一天成为一名成功的本土女企业家呢。”余洁憧憬着自己的未来。

把新的设计和新的品牌从国外带回来，带给本地人更多的全球时尚感，一直是余洁的心愿。她说，她希望“洁欢服饰”成为沟通的桥梁，连接起青白江和世界，让青白江人能够在家门口就享受“潮生活”。

班列带来“欧洲热”

2016 年 3 月，在青白江国际铁路港，成都丰和汇食品电商物流港有限公司运营的“欧洲商品体验中心”正式开业。此前，公司的主营业务是物流、仓储板块。中欧班列返程开通后，公司意识到，中欧班列不仅仅是成都与欧洲联通的物流通道，更是一条崭新的财富通道。公司组建团队，在青白江国际铁路港开设了这个体验中心。

“双方是一拍即合。”时至今日，国际铁路港负责该项目引进的相关负责人已经不记得是谁先找的谁，此前公司一直在用中欧班列物流运输，已经嗅到市场机遇。而对国际铁路港来说，这里集铁路集装箱中心站、仓储功能区、贸易展示交易区、智能公路港、总部基地五大功能组团于一体，是产业集聚中心。口岸越来越完善，则需要贸易企业来落地。

从运营开始，“欧洲商品体验中心”一直人气火爆。每天都有从成都市区赶来买东西的人，成都市民在家门口就可以买到欧洲的红酒、零食等，又便宜又新鲜。

“饼干好久来？”李女士住在成都二环内，却常常到“欧洲商品体验中心”来扫货，这两天丹麦饼干十分紧俏，她已经等了半个多小时。下午4点左右，展销中心的补货车来了，整整一车的德国啤酒、丹麦饼干、法国红酒相继上架，专程过来采买的李女士赶紧买了两大袋商品，开开心心去结账，心满意足地离开了。

“仓库在双流，每天下午到货。”这个体验中心占地100多平方米，除了常规货架，更多的货品以整堆的方式，堆放在货架空地处。展销中心工作人员介绍，即便是早上堆满了，下午都会销售一空。生意好的时候，像李女士这样来等着补货的人会排到中心外的过道上，有时因为抢不到自己想要的货品，人们离开的时候还会很沮丧，抱怨自己来得太晚了，而其他人又买得太多了。

体验中心所有的货物均来自欧洲，由中欧班列运达。最好卖的是丹麦的曲奇饼干和德国的5升装啤酒，每个月都会卖出几千件。现场售卖的丹麦皇冠曲奇（饼干）900多克，价格为80元／盒，而5升装的德国啤酒，价格为100元。相较于超市，价格便宜了许多，自然受到人们的追捧。

如何能做到比其他贸易方式更便宜？运营方相关负责人表示，中欧班列运输时间只是海铁联运方式的三分之一，运输价格只是空运的四分之一。这种又快又便宜的运输方式降低了成本。

成都商贸正在悄然兴起“欧洲热”。货物贸易转型升级带来消费市场升级革新，一个崭新的贸易市场正在逐渐打开，成都向国际购物天堂再进一步。

“欧洲热”另一个机遇正在酝酿。2016年春节后，国家进口肉类指定口岸验收组专家正式对外宣布——成都铁路口岸进口肉类指定口岸通过专家组考核验收。这是我国批准的第二个不沿海、不沿江、不沿边的内陆进口肉类指定口岸。[4]

“成都人烫火锅喜欢吃的毛肚、黄喉等菜品有很大一部分就是从国外进口，如果走中欧班列返程班列，毛肚、黄喉等产品成本将下降很多。”国际铁路港相关负责人表示，像丰和汇这样涉足贸易的企业，将利用中欧班列返程列车，将欧洲各国的肉类产品直接运入成都及周边地区，丹麦的猪肉，欧洲的进口毛肚、黄喉等将摆上成都市民餐桌。

2011年，为响应“北改”，成都银犁农产品冷链物流中心项目由城北冻品市场迁建到青白江大宗散货物流园区。项目总规划用地520亩，拥有良好的区域优势和自备铁路专用线；2013年11月，项目一期工程竣工，冻品市场开业。建成20万吨的低温冷库、5万吨的高温冷库和16万平方米物流配送中心、10万平方米综合仓库。目前客户已辐射全川乃至整个西南地区，每天出库货物达4000吨左右，并先后荣获中国物流业品牌价值百强、中国最佳冷链物流企业，被称为“成都大冰箱”。

据成都银犁冷藏物流股份有限公司董事长谢彬介绍，公司实行了商家股份合作机制，成立于2009年3月，绝大多数参与者都是成都银犁的冻品商家，股东人数接近两百人。成都银犁农产品冷链物流中心是四川省、成都市、青白江区三级政府规划的西部大宗散货物流园区的重点建设项目，集农副产品保鲜、冷冻、冷藏、流通加工、城市食品配送及地产开发为一体的商贸物流企业。该中心是为响应成都市“北改”政策，承接“北改”冻品市场搬迁（成都市原府青路、驷马桥片区冻品市场整体搬迁至青白江区）而筹建的，将成为西南地区最大的冷冻畜禽产品、水产品、干杂、副食及果蔬等农副产品集散中心。

谢彬说道：“成都获批进境肉类指定口岸，欧洲的肉类产品可以直接通过中欧班列抵达成都，不仅有效地缩短了运输时间，还极大地降低了物流、运输等多个方面的成本，而且能弥补我国现有肉类的产业短板。”

在交易大厅3区的一家食品店内，老板正忙着给客户发黄喉等火锅食材。老板笑盈盈地说，在搬迁之前，他主要的客户是来自成都地区；现在到了青白江，生意伙伴已遍布全省，甚至还有远在西藏、云南的。他说成都交通比较拥堵，物流成本也高，搬到青白江后，交通和物流的问题都解决了，生意当然越做越大。下一步，他还打算将生意“做出国门”，申报肉类进口资质，尝试通过中欧班列，从波兰进口高档肉类产品，以满足消费者的需要。

现在，银犁项目二期正在紧锣密鼓地进行着，建筑总面积 14.21 万平方米，将修建 B4、B5 两座高层冷库和制冷机房，用于满足存储农产品的多样性、综合性需求。另外，还将建立检测中心，对市场所有的产品进行严格把关，让社会放心、消费者安心，积极发挥好银犁冻品市场的行业引领作用。待银犁二期工程投入使用后，物流中心将充分利用成都进口肉类指定口岸和中欧班列的便利，推进欧洲肉类进口，带动成都、四川乃至西南地区进口肉类及食品产业经济发展。

相信不久的将来，在成都的老火锅旁围炉而摆的，将是来自欧洲的美味。而成都人一边吃着进口肉，一边看着戏台上旦角儿抛舞水袖，门外，哪家商超的音响传来年度欧美劲爆金曲……这滋味，怎一个混搭了得，怎一个爽字了得！

---

1. 赵荣昌 . 抢抓“一带一路”机遇 成都五金机电共享丝路蓉欧 . http://www.cdrb.com.cn/html/2017-06/21/content_74537.html. 成都日报
2. 刘秋凤 .“成都人”霍米茨基：蓉欧快铁、友城罗兹背后的牵线者 . http://sichuan.scol.com.cn/cddt/201605/54515323.html. 华西都市报
3. 李果 . 成都“寻路”：蓉欧快铁构建向西开放“桥头堡”. http://finance.ifeng.com/a/20131210/11240671_0.shtml.21 世纪经济报道
4. 成都铁路口岸进口肉类指定口岸通过验收 . http://epaper.scdaily.cn/shtml/scrb/20160229/124798.shtml. 四川日报

第三节　蓉欧＋产业：经济新高地

通道强则物流畅。“蓉欧＋”战略不但“加”出了更多的城市合作，还“加”出了聚集新产业的效力。在这条亚欧物流大通道上，每天都有大量“成都造”“中国造”产品源源不断运往欧洲；法国的红酒、波兰的牛肉、德国的汽车等欧洲高端消费品也风驰电掣般奔向成都。国内外物质流、资金流、人才流、技术流和信息流正快速向成都集聚。

2016 年 3 月，中欧班列首发 TCL 专列，成为“第一个吃螃蟹的人”。2016 年 5 月联想（北京）有限公司、敦豪全球货运（中国）有限公司相继与成都签约合作，欲借助“蓉欧+”战略，搭乘中欧班列加大进军国际市场力度。在中欧班列的合作名单上，还有一串长长的名单：飞利浦、沃尔沃、戴尔……越来越多的企业因为中欧班列的优势选择成都，从而为成都聚集起更多、更新的产业。

按照规划，未来，成都国际铁路港现代物流区将重点发展保税物流、汽车物流、冷链物流、粮食物流、城市城际共同配送，加快实现物流现代化；新型贸易区内含进口商品展示交易中心、跨境电商综合产业园、汽车商贸服务基地等，设外贸综合服务、供应链金融、保险服务、政务服务中心等配套服务；临港工业区重点引进知名总装制造企业和国际代工企业，建设中欧及泛亚国际产能合作，发展新能源汽车、高端装备、粮油食品等加工贸易，并通过生产原料和产成品的全球调拨，实现制造与物流联动发展，建设中波产业园、中捷产业园、中意产业园。通过加快建设“蓉欧+”战略示范区，力争将成都国际铁路港打造成为成都跨境贸易、外向型经济产业发展的重要支撑，成为内陆开放型经济高地，成为四川内陆自贸区核心极。

TCL：产能转移计划

2016年3月25日下午2时许，随着一声长长的汽笛声，搭载着51个整柜货物的“中欧班列·TCL专列”驶出成都国际铁路港。这是中欧班列首次发出企业专列，从广东调运来的TCL平板电视元件发往欧洲。[1]

众所周知，TCL 的总部在广东惠州，最大的产能也不在成都，在选择中欧班列之前，TCL 的产品都是通过海运出口。而现在，随着中欧班列的稳定运行，快捷的运输方式更受企业的青睐。

“在此之前，TCL 也曾通过中欧班列运输产品，量比较少。从今天开始，我们会把出口欧洲的产品系列性地转过来。”据相关负责人介绍，此次搭乘专列出口的产品，均是在广东惠州生产，放弃近在眼前的海运港口，经铁路运到成都出口，就是综合考虑了各项成本，走中欧班列更划算。

中欧班列吸引来的不仅仅是外运的产品，还有产能。TCL 多年之前就在成都成立了公司，具备了一定的产能。而现在，公司会将成都公司的产能升级，以便适应出口的需要。今后，TCL 在成都的产能也会随着出口的增长而扩大。

TCL 计划 2017 年在四川成都新增 80 万台彩电产能，专门面向欧洲市场。这些彩电将通过中欧班列以元件的形式运往 TCL 位于波兰的生产基地，在当地组装完成后，销往欧洲各国。

机器轰鸣，三条生产线飞速运转，不到 20 分钟，一堆零件变成一台电视机——TCL 波兰工厂占地面积 10.5 万平方米，是中国在波兰最大的工业制造项目。TCL 波兰工厂是 TCL 在欧洲最大的工厂，也是中国企业在波兰建设的规模最大的工厂，彩电年产能 220 万台。由于地处波兰这个欧洲物流中枢，在此生产的产品可以在四天之内运抵全欧洲任何一个客户手中。

从 2017 年 1 月起，TCL 出口到欧洲的彩电，99% 的元件都是通过中欧班列运到波兰工厂。这些彩电元件在 TCL 位于惠州和成都的工厂生产，之后沿中欧班列出发，直达终点站波兰罗兹，然后经一个小时公路运输即可抵达波兰工厂。

此前，TCL 都是通过海运的方式往波兰工厂运输元件，一般需要花六周时间，而现在通过中欧班列则只需要不到两周。这使得 TCL 对于客户而言更具竞争力，因为欧洲所有客户都希望尽快拿到产品。

回溯起来，TCL 其实早在十年前就考虑过通过陆路往欧洲运送元件，当时打算从内蒙古生产基地往俄罗斯运，但由于种种原因，这件事情一直没有落实。如今，“一带一路”倡议的落实和中欧班列的开通为 TCL 在欧洲的业务发展提供了便利。

由于成都是中欧班列起点，离欧洲更近，因此 TCL 打算把成都作为向欧洲出口彩电的主要生产基地。届时，成都工厂彩电产能将在 TCL 全国工厂中位列第二。随着成都工厂产能的提升，TCL 明年在欧洲市场的销量将大幅提升。

由于中欧班列的便利，TCL 正考虑把对欧洲出口的空调、冰箱、洗衣机等产品也放在成都工厂组织物料，然后运往波兰工厂组装和销售，提升这些产品在欧洲市场的占有率。

“资深乘客”戴尔

青白江集装箱中心站，20 岁出头的小伙子刘靖还在紧张地工作。他和同事们正在装载戴尔工厂的电脑产品。一会儿，这些进入集装箱的戴尔产品将搭乘中欧班列去往欧洲。如今，成都承担着全球 50% 的 iPad、60% 的电脑芯片组和 55% 的笔记本电脑 CPU 生产，世界 500 强的 265 家已落户蓉城。

以物流带动产业转移和升级，这是成都打通中欧班列货运通道最为直接的目的。成都已向戴尔等已在成都设厂的欧洲企业提出建议，将该公司在欧洲的产能转移到成都。

戴尔电脑算得上是中欧班列最早的“乘客”之一。公司董事、总经理张耀华说，戴尔当年把全球运营中心选择在成都，其实看中的就是中欧班列的便捷。[2] 将全球运营中心放在成都考虑的最大因素就是未来向欧洲市场的拓展，如果把一些欧洲市场上交货周期中等的产品放到中国来生产，成本更低，生产周期有保证，而且不用受海上风险的影响。目前每周都有产品发往欧洲，线路开通后，来自欧洲的订单也增长了很多。

戴尔成都有限公司四川项目负责人也认为，中欧班列是传统海铁联运时间的 1/3，时间只比空运长 5 天，费用仅为空运费用的 1/4。达到了高附加值货物定期交货的要求，也满足了低附加值货物对运费、运力的需求。运输效能的加快帮助企业快速抢占市场，有效降低了在途库存和现金流。

中欧班列为企业提供了一种运往欧洲新路径的解决方案，它能够稳定运行，价格比航空便宜，速度比海运快捷。根据有关测算，以装载10吨货物的40英尺集装箱从中国运输到欧洲为例：空运运费需要4万～8万美元，耗时5～15天；海运运费需要5千～8千美元，耗时35～42天；中欧班列的在途时间比海运快了2～3倍，比空运成本减少7/8～3/4，优势可见一斑。中欧班列也为物流企业提供了一种更好的环保解决方案，与普通空运方式相比，中欧班列的CO_2排放量下降约90%，是确确实实的绿色物流。在产业西进的浪潮中，在全国都将产生吸引力的中欧班列，将为成都成为西部物流枢纽奠定坚实的基础。

中欧班列前期积极协调口岸采取便捷转关模式，企业通关时间因此至少节约了2天，并且全程使用EDI（电子数据交换）传输，实现不停留转关。考虑到中欧班列开通以来受到新疆境内大风天气、阿拉山口口岸拥堵及沿途运输线路成本上涨等原因的影响，成都海关积极与呼和浩特海关就区域通关合作事宜签署了合作备忘录，开辟了中欧班列第二条国内运输线路，保障新开线路班列能在二连浩特口岸顺利通关出境，极大地提高了通关效率，提升了中欧班列的市场竞争力。

此外，车厢全程采用GPS监控系统、车厢震动监控系统、车厢温度平衡系统，为中欧班列运输“高精尖”科技产品提供了坚强的技术保障和安全措施。其中，苹果公司还成功在第20次中欧班列上进行了ipad运输测试。

2016 年 5 月，成都市物流办与联想（北京）有限公司在成都举行《中欧物流通道合作备忘录》签约仪式，联想将部分海运货物转向中欧班列。[3]借助“蓉欧 +”，联想将更多产能转移到成都，未来还有望开出“中欧班列·联想”专列。联想公司相关负责人表示，牵手中欧班列后，联想将逐步加大成都基地年产量。

事实上，如今这条国内运行最稳定、运行时间最短的中欧班列上，“乘客”正越来越多。包括联想、敦豪全球货运、飞利浦、沃尔沃、戴尔等全球企业巨头，已纷纷加入与中欧班列合作的行列，一些企业甚至计划将部分产能转移到成都来生产。同时，成都的合作对象也变得更加“立体”：从生产制造型企业扩大到货代、贸易企业等，朝着全面深化合作迈进。

作为国家向西开放和“一带一路”的重要通道，中欧班列不仅吸引了戴尔、飞利浦等世界知名企业，还加大了成都与深圳、宁波、厦门、昆明等地的合作，扩展了中欧班列在国内的辐射范围。“蓉欧 +”将通过与更多城市的互联互通和优势互补，实现沿海与内陆城市的合作共赢，从而共享丝路发展机遇和红利。

除了在国内延伸辐射范围外，中欧班列抵达波兰的罗兹后，也将通过多种运输方式延伸到德国的杜伊斯堡、荷兰的阿姆斯特丹等欧洲枢纽城市。这使得包括戴尔电脑在内的所有运送到欧洲的商品将会“走”得更远。

接下来，为进一步提升竞争力，从成都出发的中欧班列将采取多项措施吸引客户：例如完善梯度定价机制，根据客户货物运量等，执行不同的运价，保证大客户享有最优惠价格；与欧洲铁路枢纽场站及货代、生产、贸易企业深度合作，将班列延伸至更多欧洲交通枢纽城市；加快建成一站式口岸综合服务中心，推进“一次申报、一次查验、一次放行”，实现“串联＋并联”便利化服务和企业口岸操作服务零收费等。

交通物流说到底是为产业发展服务的。当前，成都大力实施“蓉欧＋”战略，重心在于以中欧班列为主线，推动成都在构建经济新格局中聚集全球产业、吸引产能转移。具体而言，“蓉欧＋”战略的产业引领功能体现为三种效应。

一是本地产业提升效应。“蓉欧＋”战略的实施，改变了以前成都进出口货物要么依托空运，要么转运至沿海地区依托海运的历史，使得越来越多的本土企业选择将产品市场面向地域范围更广的中亚和欧洲，增强在国际市场中的竞争优势。

二是区域产能吸引效应。与其他诸如渝新欧、郑新欧、汉新欧等相比，中欧班列是开行最为稳定、运行时间最短的中欧线路，成为成都吸引国内优秀企业的又一砝码。包括全球物流巨头DHL、大型生产企业联想均在谋求与成都的产能合作，希望借助中欧班列的物流优势，以最便捷、最低成本的方式，拓展欧洲市场。

三是国际产业分工重构效应。成都参与全球分工的传统方式是基于产品货物的贸易，很大程度上受困于内陆区位劣势。如今，成都正依托“蓉欧+”战略，以建设国际合作园区的方式加强国际产能合作，把发达国家的先进制造业、管理思维、先进技术等更好引入，并实现将关键零部件运进来、优质工业产品运出去，从而形成产业分工的闭环。而且，这种方式也进一步化解了中欧班列回程货物的难题，以产业分工的闭环带动形成物流运输的闭环。目前，中德（蒲江）中小企业合作园、中法（成都）生态园的建设正是“蓉欧+”战略实施的成功案例。[4]

成都在承接产业转移中瞄准适合铁路运输的重点产业，以物流为杠杆撬动产能转移，在“蓉欧+”战略中寻找经济增量，可以在产业对接中弥补薄弱环节，增强本地产业的实力和核心竞争力，促进产业创新升级。在打通连接欧亚桥梁的同时，成都期望能从物流货运向产能转移扩张，推动产业转型升级，加快中国西部经济中心建设的步伐。

青白江：打造新材料产业

中欧班列为成都架起了一道通往世界的桥梁。在 2017 年 7 月 2 日举行的国家中心城市产业发展大会上，成都提出，要大力发展开放型经济，增强西部对外交往中心功能，同时，还要大力发展现代物流业，增强国际综合交通通信枢纽功能。成都市青白江区相关负责人表示，接下来，将继续锁定“内陆国际铁路第一港”这一目标，不断增强开放口岸、国际物流枢纽和跨境贸易集散中心这一城市功能的核心能极。同时，还将打造三个产业生态圈，加快促进临港特色产业集聚发展。

具体包括打造以高性能纤维及复合材料、新型能源材料、新型金属功能材料、3D打印材料及绿色建材为基础、智能制造为核心的先进材料产业生态圈；打造现代物流、口岸服务、跨境贸易、加工贸易、国际产能合作、供应链服务等集群发展的临港生产性服务业生态圈；打造以高科技农业、设施农业、农业博览等为特点的“一带一路”开放农业生态圈。

值得一提的是，对于基础雄厚、具有集聚化发展优势的先进材料产业，青白江期望抓住机遇、抢占风口，计划到2022年，先进材料产业将实现产值1000亿元。[5]

经过多年的发展，青白江区已形成了较为齐备的材料产业细分领域，囊括了金属材料、无机非金属材料、建筑材料、化工材料等，已初步形成了以巨石玻璃纤维、台嘉电子级玻璃纤维丝及布、丽雅粘胶纤维等为龙头的高性能纤维产业集群；以玉龙三聚氰胺阻燃材料、众能碳纤维复合材料、金嘉洲高分子防水材料、芝田锂离子电池隔膜等为龙头的复合材料产业集群；以天马轴承、三洲核能核电管材等为龙头的高端金属材料产业集群；以建工建筑工业化、台玻低辐射镀膜玻璃、瀚江高性能玻璃棉为龙头的绿色建材（建筑工业化）产业集群，具有突出的集聚化发展的优势。

以巨石为例，位于青白江的巨石集团成都有限公司是巨石集团有限公司为响应国家西部大开发号召，充分利用西部地区资源优势，为实现进军玻璃纤维世界第一的战略目标而投资组建的控股子公司。玻纤是什么呢？作为一种优良的功能材料和结构材料，它是替代钢材、木材、水泥等传统材料的重要复合增强材料，已成为建筑、交通、电子、电气、化工、环保、军工国防等领域必不可少的原材料。从全球角度来看，建筑与交通领域需求分别占比约32%和28%；2016年全球玻纤需求约达458万吨，年需求增速约为5%。

在国内外玻纤业界，人们称道巨石集团董事长张毓强是玻纤业界“点石成金”的“圣手”。白岩松就曾经用“点石成金”来评价张毓强。如同一块石头，不圆滑，充满棱角，但是内在坚韧、厚重，在多次打磨和历练之后，这块厚重的石头成了比蒲苇还要柔韧的丝，继续在需要它的地方发挥巨大作用。

1971年，16岁的张毓强在家乡浙江省桐乡县（现为桐乡市）石门镇石门东风布厂（1973年更名为玻纤厂）做工人。天道酬勤，他从工人中脱颖而出，先后被提拔为车间主任、生产科长、副厂长，直至1987年当上桐乡玻纤厂厂长。一个16岁的初中生，用了16年工龄，就当上厂长，不言而喻，如此出息是干出来、学出来的。如今，他拥有的研究生学历、高级工程师职称，验证了他倡导的关于学习的企业核心理念——学习是提升自身价值的重要途径，学习是创新的重要基础。

巨石集团成都有限公司工会主席杨刚骄傲地告诉我们：

豪华游艇、汽车部件、型材、管道、压力容器、化工贮罐、卫生洁具、运动器具、工程塑料制品以及各种建材产品原来都能找到玻纤的身影……玻璃纤维用途之广，无疑使其成为“工业粮食”，真是令人惊叹。他是2006年青白江巨石建厂就加入集团的“老员工”，一开始是做检验，那时月薪六七百元；经过这些年企业的飞速发展，员工工资也有了可喜变化，比如一线分丝的工人，现在能得到五千元的月薪，在每年“技术比武”中，涌现出来的劳动巧手、高手，集团还会有额外的奖励。

在经济新常态下，当有限资源约束了发展，传统优势逐步消失，那么出路在哪里？近年来，打造新材料这一核心竞争优势已成为青白江落实创新驱动战略、加快转型发展的重要路径。2016年，四川省众能新材料技术开发有限公司的先进复合材料技术研究中心在青白江区挂牌成立，主要研发碳纤维复合材料。

“外柔内刚”的碳纤维被称为“新材料之王”，它是航空航天、工业机械领域的新宠，全球需求量逐年递增。众能公司所研发的碳纤维导线、复合材料杆塔及横担等系列产品具有广阔的市场前景，除了带来巨大的产值效益外，还将逐步实现技术创新与成果转化的双轨并进模式，大大提高西南地区先进复合材料行业产学研一体化能力，为青白江地方经济的发展做出应有的贡献。

据公司总经理王志敏介绍，碳纤维复合芯导线是替代传统钢芯铝绞线的一个很重要的产品，可广泛应用于老线路和电站母线增容改造、新线路建设，并可用于大跨越、大落差、重冰区、高污染等特殊气候和地理场合的线路。应用在新建线路中，可提高线路的单位输送容量，确保电网的坚强性，市场前景良好。

“青白江具有雄厚的工业基础和得天独厚的物流、交通优势，并且新材料产业发展势头迅猛，公司研发生产碳纤维导线，获得区委区政府的大力支持，还获得了政府专项支持资金。我们将再接再厉，持续研发、生产符合市场需求的碳纤维及复合材料产品，不断丰富产品体系，提高市场竞争力。积极为青白江新材料产业发展贡献一份力量，努力在市场拓展工作中再上新台阶。”王志敏对市场前景充满信心。

王志敏表示，在国家“一带一路”倡议的大背景下，众能公司愿与沿线发展中国家创新合作模式，互通有无，实现共同繁荣，“希望能为建立和健全亚洲供应链、产业链和价值链贡献力量，使泛亚和亚欧区域合作迈上新台阶。”

据统计，截至 2016 年，青白江区共有规模以上材料企业 145 家，实现产值 320.3 亿元，同比增长 10.8%，在二圈层排名第一，在成都市排名第一。被列为成都市新材料企业 23 家，其中重点新材料企业 12 家，实现产值 68.5 亿元，同比增长 8.1%，新材料企业数在全市排名第一，新材料产值在全市排名第一，规模优势突出。[6]

2016 年，青白江材料类企业实现创新投入 1 亿多元，巨石、玉龙、瀚江等龙头企业积极开展技术创新，承担国家、省、市科技项目30余项，材料类企业专利授权293件，较上年增长2.8%；材料产业每年专利申请、授权数量远超其他产业门类，创新度较高。通过创新、引进消化吸收、合作研发等方式，多数企业生产技术和产品已达国际、国内先进水平。

目前，青白江已提出将抓住自贸试验区和成都国际铁路港建设机遇，聚集一批有国际影响力的先进材料企业，加快打造国内领先、国际一流的先进材料产业园区。青白江现已建成了园区信息服务平台、企业信息服务平台、电子商务系统等公共服务平台，建立了完善的科技创新资源库和人才培养体系，可为材料企业提供全面的服务保障。加之青白江拥有国际铁路港，又是国家自由贸易试验区，口岸、交通优势突出，工业园区配套设施完善，承载先进材料发展独具优势，可辐射全川及西部地区，并可通过中欧班列走出国门。

未来，成都重点发展的电子信息、汽车制造、装备制造、生物医药、轨道交通、新能源等产业，均需要大量的先进材料支撑。先进材料市场空间巨大，发展空间巨大，将对青白江发展先进材料产业形成有力的市场支撑。

1. 李秀明 . 蓉欧快铁首发企业专列 满载 TCL 平板电视驶向欧洲 . http://e.chengdu.cn/html/2016-03/26/content_558660.html. 成都商报

2. 丝路故事：蓉欧铁路——通往欧洲的货运快铁 . http://www.cdrb.com.cn/html/2015-11/14/content_2256384.html. 成都日报

3. 董焦 . 成都牵手联想 在蓉签署《中欧物流通道合作备忘录》. http://scnews.newssc.org/system/20160526/000677077.html. 四川新闻网

4. 杨富 . 搭乘"蓉欧 +"快车 融入全球经济新格局 . http://www.cddrc.gov.cn/detail.action?id=848862. 成都日报

5. 余蕊均 ."搭乘"蓉欧快铁 成都青白江临港产业加速崛起 . http://finance.sina.com.cn/roll/2017-07-05/doc-ifyhryex6155103.shtml. 每日经济新闻

6. 5 年后，青白江材料产业预计实现产值 1000 亿元 . http://www.sohu.com/a/153821486_330146. 成都晚报

第四节　蓉欧＋服务：丝路更宽广

“蓉欧+”战略是多面且立体的，“蓉欧+”背后有一系列的规划，包括贸易、金融和产业，比如说吧，具体到物流，就是“+通道”，而且两头都要“+”，要实现连接泛亚与欧洲的目标，两边都要实现互联互通：国内端连接泛亚，国际端覆盖欧洲。“蓉欧+”战略下，成都要织密的不仅是国内物流网络，还有国际物流集散网络。国内端的上海、深圳、广州、南宁等十多个沿海沿边沿江节点城市，已被成都“圈定”合作。国际端的库特诺（罗兹）、纽伦堡、鹿特丹、安特卫普、巴黎、马德里等十个重要节点城市，将被投资建设运营海外仓（配送中心）。同时，成都还将加快班列公司海外办事处（欧洲分公司）建设，推动在法兰克福、阿姆斯特丹等10处以上的地点设立海外办事处。

为推动四川自贸试验区建设，成都正全力完善法治化、国际化、便利化的营商环境，深化国际产能合作，推进服务贸易自由化，推进货物贸易便利化，深化金融领域开放创新，推进与欧盟服务贸易自由、监管服务和税收政策等一系列重点领域改革，为打造内陆开放型经济高地提供有力支撑。

成都铁路口岸率先推行关检合作“三个一”通关模式，率先实现口岸作业“零收费”。“单一窗口”综合服务中心加快建设，实现海关、国检、铁路、船公司、港口等部门集中办公、一站式服务。青白江区支持企业做大做强，制定了一系列加快产业发展、促进经济稳定增长的政策，设立5亿元产业发展专项基金和2000万元“贷款风险资金池”，加强对中小微企业发展和融资贷款的支持力度。另对完善口岸功能类的货物、服务贸易型企业还专门出台了扶持政策。

在供应链金融服务方面，青白江积极对接川发展基金、锦泰保险、金融控股等供应链金融、保险、融资类机构。目前，已与四川产业振兴发展投资基金有限公司签约组建青白江区城镇化建设投资基金；与锦泰签署“蓉欧＋保险”战略合作协议，为成都国际铁路港建设和发展提供综合化保险服务；与成都金融控股集团有限公司签约组建“蓉欧＋战略基金”，为港区量身定制包括整车、肉类、铁路公路货运、市场安全保险等创新金融保险产品；与深圳市中兴银控投资担保有限公司签署了总投资300亿元的金融服务合作协议。[1]

如果有一大批对温度非常敏感的货物需要从中国发往欧洲，传统走法无非两条——价低时长的海运或快捷昂贵的空运。不过，现在发货方又多了一项选择——铁路运输。DHL自从在中欧班列推出运输温控服务，便解决了长期以来大宗温度敏感型产品在夏季和冬季不能通过中国“西部洲际铁路走廊”运输的问题。成都的电脑、波兰的牛肉、法国的红酒，将不惧严寒和酷暑，在中欧班列上全年无休地流动。[2]

从成都出入境检验检疫局官网获悉，2015年—2016年，通过蓉欧返程班列进口的食品共计1944.4吨，货值675万美元，包括饼干、红酒、啤酒、果酒、白酒、矿泉水、果汁、曲奇、巧克力和奶粉等种类，贸易国家包括波兰、丹麦、意大利、奥地利、捷克、荷兰、德国等。“蓉欧+”进口食品业务增长迅速。

四川省检验检疫局徐红兵处长介绍说，返程货运专列开通以来，成都检验检疫局积极创新监管方式，缩短中欧班列进口食品检验检疫和通关时间，服务“一带一路”、“蓉欧+”战略。一是创新进口食品咨询服务方式。采用推送便捷的二维码链接向企业告知进口食品准入目录、高风险食品特殊要求等检验检疫要求，企业只需手机扫一扫就能迅速获得相关信息。二是进一步提高进口食品追溯体系信息化水平。采用升级版进口食品收货人备案系统详细记录每一批进口食品来源、储存情况和去向信息，方便进口食品追溯信息管理。三是创新采用“空检陆放”检验模式，缩短检验时间。针对质量管理体系较完善、诚信等级高的“蓉欧+”进口食品企业的同批次进口食品，允许先对空运样品进行检验，简化对后续陆运货物的检验要求，为企业节约时间成本，加速产品投放市场。四是应用新的e-CIQ检验检疫电子主干业务系统，进一步促进进口食品“通报、通检、通放”“单一窗口”“三互”大通关建设，借助全国检验检疫一体化使“信息多跑路，企业少跑腿”，进一步为“蓉欧+”食品进口企业缩减通关时间。

蓉欧+空间，创业路更宽

青白江蓉欧创业大院，这个以“蓉欧+”为主题的众创空间，让创客们的梦想照进现实，从此起航。蓉欧创业大院位于青白江区原教育局和妇幼保健院的旧址，距区委大楼不到500米，是青白江区最繁华的地段。大院充满现代气息的建筑外形，标有蓉欧标志的动感LOGO，从此青白江中心城区多了一个标志性建筑——蓉欧创业大院。

目前已有赛伯乐跨境电商青白江双创园、鑫宇环智创联盟、亿科跨境电商孵化中心、猪八戒网、大龙网、光彩国际等项目入驻，涵盖软件开发、创新创业服务、跨境贸易电子商务、互联网、文化传媒、生物科技、新型材料、科技金融、工业创新科技、智能硬件、机械设备研发制造等行业领域。[3]

走进蓉欧创业大院，里面是一派崭新气象。据创业大院相关工作人员介绍，这里将为青白江区的新技术新产品提供展示体验的窗口；入驻蓉欧创业大院的企业，从注册公司到运营管理，都将享受到贴心的“一站式”公共服务；大院将为企业的项目提供路演、宣传和推广场地；发展中的创业者，将在这里获取融资、市场等宝贵信息。这是属于创业者的乐土，他们将在此地学习、交流、培训，而大院中完善的办公设施，以及食堂和浴室等生活配套服务，让创业者们感受到了创业路途中的百般温暖。

现在，正值青白江区全力建设成都国际铁路港的历史机遇，依靠青白江区雄厚的工业基础，围绕“蓉欧+”的中心主题，蓉欧创业大院会重点吸引跨境电子商务、“互联网+”项目和具有高科技含量的项目入驻，为跨境电商、现代保税物流、智能硬件、智能制造等领域创新创业项目提供完善的孵化服务。

坐落于蓉欧创业大院的成都盛世动力文化传媒有限公司，其CEO许昌和向我们介绍道，公司目前与美国漫威公司有合作项目，而公司原创的《五福七星》和《玉琉璃》动漫也是落地蓉欧创业大院后陆续推出的项目。四十出头的许昌和是青白江大同镇人，之前做建筑行业，此番跨领域转行，也是受到“蓉欧+”的鼓舞。他与多年好友、发小叶友强一拍即合，叶友强更是将原来设在深圳的动漫公司迁到了青白江。

叶友强是土生土长的青白江城厢镇人，上世纪90年代初期去了深圳，堪称中国涉足动漫产业的第一批“弄潮儿”，多年下来，积累了无数经验和人脉。为何叶友强愿意放弃在深圳、上海运营公司的机会，回家乡来重新创业呢？许昌和眯起眼睛，想了想，他说这是“蓉欧+”给我们的机遇，也是青白江政府对我们这种文化公司的扶持和关爱。入驻蓉欧创业大院，园区提供的办公室里，办公设备包括桌椅都一应俱全。而且像他们从事动漫产业，很重要的一条是对网络速度要求更高，而蓉欧创业大院能提供高速网络服务，无须租金，水电费还有较大优惠。许昌和将这样的利好消息和叶友强一通气，两人说干就干，一个“回迁”，一个“转型”，从此，成都盛世动力文化传媒有限公司应运而生。

在叶友强的带领下，一支30多人的优秀创作团队开启了新的事业。“团队总导演、策划、制片、执行导演等都是从业近20年的业界精英，还有一批富有激情和创意、热爱动漫事业的‘80后’‘90后’，我们团队的整体综合能力在全国来说都是一流的，是蓉欧大院把这些人才全部聚集到了一起。”许昌和自信地表示。

盛世动力总结多年工作经验，结合早期自身学习经历及欧美日韩动漫产业培训教育方式，在总导演叶友强的指导下，形成了一套属于公司自己的动漫教育培训体系。通过与学校的合作，得到了学生和老师的高度评价，也为后期盛世动力培养自己的后备人才做了充分的准备。《福星高照》

《高铁侠》《花仙卓瓦桑姆》《三国八阵图》《藏獒传奇》……这些人气极高的原创动漫，全部出自叶友强工作室。一位追随叶导而来的年轻人这样说道："跟随叶导来到这里，我深深爱上了现在的工作环境，与大城市的高楼林立相比，这里视野更加开阔，闹中取静，更加适合创作。"

推开另一间房门，看门狗科技公司的敖奇新，现场为我们演示了公司的拳头产品——一款用途广泛的电子监控设备，运用手机APP，就可以对家、对店铺等进行24小时监控，起到智能保护作用。他们公司原先在青白江的十八湾村做了试点，在60多户人家以及村上的财务室等安装了"看门狗"，反馈情况相当良好。2016年6月，蓉欧创业大院开园，他们也成为受邀企业之一，光荣入驻。41岁的敖奇新身材挺拔瘦削，看上去至少比实际年龄年轻十岁。他说现在研发团队的成员平均年龄只有26岁，他这样的"老年人"原先也在做研发，是近期才来负责运营和销售的，这对他来说也属于"新的挑战"，但他相信来到蓉欧创业大院，他们能得到更多更新的消息，向更出色的创客们学习和取经，公司未来的发展，也会越来越顺遂。

蓉欧＋电商，交易更快捷

成都跨境电子商务产业园是在2015年8月开园的，位于成都国际铁路港大厦，园区内海关、商检、政务、物流、货代、报关及生活设施服务配套齐全。跨境电商产业园毗邻的成都铁路集装箱中心站是中欧班列和中亚班列的始发站，铁路港区内的成都铁路保税物流中心（B型）为跨境电商提供着保税进口服务。这是四川省首个跨境电子商务产业园，是四川省执行国家“互联网+”“一带一路”在电子商务和对外经济贸易领域的重点项目，是在成都市商务委员会具体指导下按照“跨境电商平台+外贸综合服务+国际物流口岸”相融合的新型第三代产业园模式规划建设的。

2016年8月7日，青白江区华逸路126号的进口商品保税体验店开业了。这家店的老板叫陈艺，三十出头，长发在脑后挽成一个圆圆的髻，说话声音很温柔。说起创业故事，她笑着说自己是“无心插柳”。回望2011年，陈艺因为生孩子辞职了，之后一直在家里带孩子，几年后又怀上了二胎。因为家里需要给大小宝贝准备各种婴幼用品，朋友介绍她到跨境商业园进口商品体验店来直接选购进口商品，价格实惠，而且货品绝对真实。

陈艺过来一看，发现自己长期通过直邮和代购方式购买的某款荷兰品牌奶粉，在这里竟然会便宜三十多块钱。要知道，通过直邮和代购来购买奶粉，陈艺之前已经觉得是“再划算不过了”，比起实体店来，要便宜近50元，当然，便宜也有一个小小的头疼事——陈艺必须要提前多日预购，因为不管是直邮还是代购，都需要40天左右才能到货。而在跨境商业园的进口商店，陈艺惊喜地发现这儿的奶粉价格不但比直邮、代购还要便宜，更无须焦心似火地等待！

陈艺这个全职妈妈，看到了其中的商机。她激动地说，跨境电商的发展潜力真的很大，进口的母婴用品、日常用品、快消品受到越来越多人的追捧，需求很大，但当时价格并不便宜。跨境电商的商品比一般贸易的进口商品成本低了20%～50%。之后，陈艺怀着兴奋的心情，参加了一期“跨境电商大讲堂”，此后便加入了跨境产业园，开始了她华丽丽的创业之路。

成都跨境电子商务产业园CEO潘海波先生这样说道：“国外的卖家想进来，找不到渠道；国内的买家想采购，找不到货源，这对于进口商品销售一直是个难题。跨境产业园让这个难题迎刃而解。在这里，国外卖家和国内买家得以顺畅对接，是海外客户进军中国市场的‘枢纽站’、国内采购商集采海外商品的‘好地方’。”

在成都，只有两个口岸可以开展跨境电商业务：一个是双流航空港，另一个就是成都跨境电子商务产业园所在地——成都国际铁路港。因为中欧班列极大地缩短了成都和欧洲的距离，在所有的中欧班列中，蓉欧快铁是运行时间最短的，每周有4～5个班次从欧洲发往成都，铁路涵盖的商品范围也很广。在成都铁路保税物流中心（B型）投入使用后，商品在通关前可先进入仓库，再通过电商平台输送到千家万户，这种方式可以为进出口企业降低成本，提高通关便捷性，实现进出口商品快速、高效流转。

潘海波非常自信地说道：“我们园区要带领大家进行全球的直采直购。完全去除中间环节，让国内的零售商和国外的供应商直接对接。这在以前是不可能做到的。”

蓉欧 + 金融，资金有保障

在今天英国伦敦的金融城，有着 300 多年历史的英格兰银行，为了纪念世界上最早的纸币，在自己的后花园种植了两棵桑树。千年前的丝绸之路上，宋朝的中国人用桑树皮和叶子，制作了世界上第一种纸币。“交子”的出现，是世界金融史上的一块超级震撼的里程碑，标志着一个新时代的来临。它直接改变了 2000 年以来的金属钱币，将世界推进到了纸币时代。而成都，便是世界上第一张纸币“交子”的诞生地，这数百年前埋下的金融基因，此刻正迸发出新时代的光彩。

世界的目光向东，中国的目光向西。2016 年 7 月 19 日，一趟从德国纽伦堡出发、搭载数十台进口宝马轿车的中欧班列经过半个月的长途运输，抵达位于青白江区的成都铁路口岸，并将陆续发往全国各地经销商。实际上，这样的双向班列已经稳定开行 3 年时间，成为成都外向型经济的一个缩影。

如此繁忙的跨境经贸往来和优越的投资环境，使得成都成为国际金融机构布局中国西部地区的首选。作为人民币跨境结算、跨国公司总部外汇资金集中运营管理，以及个人本外币特许兑换业务的试点城市，目前，在成都的外资银行和保险公司已经超过 30 家，金融交易量领跑西部。

西部金融中心的地位也推动成都站上内陆开放新高地。目前，外国政府获批在蓉设立领事机构达 15 个，成都开通国际地区航线89条，共有270多家世界500强企业落户，成为中国西部地区与国际市场交流最频繁的城市。[4]

在《成渝城市群发展规划》中，明确提出成都要以建设国家中心城市为目标，着力增强西部经济中心等功能，其中一项重要任务就是建设西部金融中心。成都正在扎实推进西部金融中心建设，加快把成都建成中国金融版图重要一极。

成都将推动人民币跨境结算。依托“蓉欧+”通道开放及天府国际机场建设契机，增强成都空中物流枢纽金融结算功能。成都将推动符合政策的限额内资本项下结算、资本项目可兑换等业务试点。同时，还要推动跨境经常项下人民币结算，加快推动跨境电商人民币计价结算。

成都还将探索建立以服务“一带一路”沿线区域为重点的跨境金融服务中心，力争将成都建成“南丝绸之路”跨境人民币清结算中心城市。促进传统国际结算业务发展，推动发展跨境金融租赁、离岸贸易结算等创新业务。

在青白江的蓉欧创业大院中，光彩国际的总经理助理小范用了一个生动比喻，来说明“光彩国际”和“赛伯乐”的关系：就像是小弟和大哥的关系。赛伯乐是国际性风投公司嘛，就像大哥一样，大哥是要罩着小弟的。在小范看来，赛伯乐真的很厉害，看项目眼光奇准，在扶持企业时，十分具有前瞻性。2015年12日，全省首个跨境贸易产业基金落户青白江。青白江区政府与赛伯乐投资集团共同设立100亿元跨境贸易产业基金，共同投入100亿元基础设施建设资金，带动总投资100亿元产业投资资金，打造全省首个跨境贸易综合体系。此次由赛伯乐投资集团与青白江区共建的跨境贸易体系战略合作项目，将力争用3～10年建起集跨境贸易金融中心、跨境贸易云数据、跨境电商平台、跨境仓储物流、跨境商品检测、进口商品直销体验中心、科技创新孵化、国际人才培训及会议会展等多元化核心功能于一体的跨境贸易综合体系。这也意味着，四川省首个以跨境贸易为核心的国家示范智慧城市，正式在青白江启动建设。

赛伯乐投资集团创始人兼董事长朱敏曾这样深情地说道："我们对成都非常看好，以前就投资了成都的生态环保，成功地进入了资本市场。"对于许多创新创业者而言，成都仿佛黑暗中的"灯塔"，给身处资源碎片化、信息零散性处境的创新创业者指引方向；成都更犹如一块巨大的创新创业"磁石"，集思广益，整合资源，将他们聚集在一起，为他们提供优越的创新创业环境。

光彩国际所从事的跨境电子商务，是指分属不同关境的交易主体，通过电子商务平台达成交易、进行支付结算，并通过跨境物流送达商品、完成交易的一种国际商业活动。光彩国际认为，随着互联网的发展，中国进口贸易中的电商渗透率持续增长。政策的支持，物流成本的降低，以服务的提升、清关环节的规范以及电商对采购终端的掌控，进一步缩小海淘的流通链条，跨境进口电商将进入高速发展时期。

现在，已经入驻蓉欧创业大院的光彩国际，不仅有自己的展示厅，而且依托中欧班列的优势，已经开始了做平行进口车的生意。据小范介绍："平行进口车的价格要比普通中规车便宜 10% ~ 20%，且平行进口车的款型配置更丰富，改装的空间也更大。"在"蓉欧 +"的战略指引下，作为光彩国际的一员，年轻有为的小范激动地期待着，将会一点点地见证成都从传统内陆城市向新兴口岸城市、从开放战略后方向开放战略前沿的全新嬗变之旅。

"亚蓉欧"供应链，指日可"建"

2016 年 2 月，在青白江区家乐福，由成都市亚蓉欧供应链管理有限公司控股，成都亚蓉欧进口商品保税直营中心正式成立。直营中心是成都跨境电商 OTO 首批企业，是成都铁路口岸首批跨境电商平台。依托成都中欧班列和中亚班列双黄金通道，以及公司良好的海外扩张能力，已在德国、意大利、西班牙等多个国家建立分支机构和海外企业，与众多国际品牌及知名品牌建立了战略合作关系。拥有完善的全球采购和供应体系，致力于成为国际品牌进入中国零售市场的桥梁和门户，通过便捷、及时、丰富的商品和服务，将全球名牌产品、优质商品带给众多中国消费者。

德国啤酒、丹麦曲奇、西班牙红酒、韩国饮料、日本护理产品……这些曾经离青白江人很遥远的产品，现在在家门口就能直接买到！

成都亚蓉欧进口商品保税直营中心营业面积近1000平方米，共有6个分馆：美食馆、护理馆、红酒馆、运动馆、时尚馆、母婴馆。美食馆里，丹麦曲奇饼干、韩国罐装饮料、德国的啤酒、法国玛丽世家蜂蜜……在这里你可以买到全球各地的经典美食；护理馆里，各国护理产品应有尽有，韩国、日本面膜，法国的沐浴露、洗发水，不仅品种多样，包装也精美；红酒馆里，西班牙原装进口红酒，口感醇正、富有韵味，价格还很亲民；运动馆里，主要销售耐克、阿迪达斯、鬼冢虎、纽巴伦等时尚运动鞋，款式丰富，样式齐全；时尚馆里，主要销售世界各大知名奢侈品牌产品，如意大利GUCCI、法国香奈儿、法国LV、美国MK等，适合每一位高端品质的消费者；母婴馆主要销售国外原装进口奶粉，如德国“Aptamil爱他美奶粉”，100%德国原装原罐进口，官方品质保障。

成都亚蓉欧进口商品保税直营中心总经理魏国民介绍道，中心售卖的所有商品均在海外生产厂家直接采购，无任何中间环节，确保买到的产品100%为国外原装正品。他说，每款产品都附带海关报关单，上面标注了产品的名称、原产地等信息，顾客可以放心购买。

当前，国家“一带一路”倡议给成都带来了历史性的发展机遇。随着交通基础设施改善，依托国际航线开辟、中欧班列开行所建立的国际物流大通道，成都逐渐由一个不沿边、不靠海的传统内陆城市，渐渐发展成为能与泛欧泛亚地区“亲密接触”，位于内地却向西向南均呈开放姿态的前沿口岸城市。从前“蜀道难”困扰成都经济社会发展，现在终于打破了这个屏障与坚壁。成都“掉过头来”成为国家连接泛欧泛亚地区、实施向西向南开放的前沿口岸城市。

成都将全面布局“一带一路”沿线战略性物流资源，建立更加资本化、市场化、国际化的中欧班列投融建营主体，构建以成都为中转枢纽联接泛欧泛亚地区的全物流体系。到 2020 年，成都将完善“亚欧广覆盖、全球深通达”的国际国内客货运航线网络，跻身国家级国际航空枢纽的“第一阵营”；中欧班列将实现多点多线、高密高能运行，铁路集装箱吞吐量继续保持全国第一，牢牢巩固全国国际铁路“第一港”的地位。成都还将借鉴香港贸易发展局、上海陆家嘴金融城发展局的模式，采取政府引导、市场主导的方式，建立“亚蓉欧”供应链综合服务平台，推动物流与商流、资金流、信息流的跨界融合。[5]

2017 年 7 月 2 日，成都市口岸与物流办公室主任陈仲维在产业发展大会上发言时表示：一方面，我们应瞄准智能制造和高端产业发展方向，采取积极的招商策略吸引核心制造业供应链上下游配套企业在成都聚集，优化本地龙头企业的供应链体系，补缺链强弱链，降低链际成本，做强产业支撑，消除供产销失衡，帮助企业在全球资源配置中寻找机会。另一方面，以服务中小企业“走出去”为重点，实施“千户万亿”计划，力争 5 年内引进上千家供应链服务企业在平台内入驻。优化外向型企业的投资路径、采购路径、融资路径、产销路径，大力发展“两头在外”产业项目，吸引国内中小企业依托成都“借船出海”，努力将成都打造为国际货运集散中心、服务贸易运营中心、人民币跨境结算中心，带动上万亿的新增进出口贸易额。

2014 年，成都大力实施“蓉欧 +”战略，这是成都主动融入“一带一路”国家倡议，加快建设国家中心城市的一项宏伟工程，已成为成都打造国家中心城市的动力引擎。

在参观蓉欧荟时，成都市文联宋凯书记不止一次感叹：“蓉欧 +”战略的实施改变的不仅仅是成都的战略地位，还丰富了成都市民的消费选择。如今，每天都有大量“成都造”“中国造”“泛亚造”产品通过蓉欧快铁运往欧洲，再把法国的红酒、波兰的牛肉、德国的汽车等欧洲高端消费品运到成都，让成都市民足不出户就能海淘到最正宗、最便宜的进口商品。

未来，我们还要全面发挥“蓉欧 +”战略的扩展效应，统筹推进物流业、服务业、制造业、农业等协调发展，以“蓉欧 +”为主线，建设国际区域性物流枢纽，扩大国际服务贸易规模，强化制造业高端优势，提升现代农业发展水平，真正完善法治化、国际化、便利化营商环境，打造出最完美的“国际范儿”，迎八方宾客，共创盛世繁荣。

1. 成都青白江深入实施“蓉欧+” 以大通路推动大开放大合作 . http://sc.people.com.cn/n2/2016/1103/c345509-29252611.html. 人民网
2. 蓉欧快铁跑起来 . http://news.163.com/14/0328/04/9OD9M6L300014AED.html. 成都晚报
3. 携手“蓉欧+”合作创未来 . http://epaper.scdaily.cn/shtml/scrb/20160731/138606.shtml. 四川日报
4. 成都：打好国际金融牌 站上开放新高地 . http://news.xinhuanet.com/fortune/2016-07/21/c_1119254816.html. 新华网
5. 叶燕 . 成都将建“亚蓉欧”供应链综合服务平台 . http://e.chengdu.cn/html/2017-07/03/content_599676.html. 成都商报

后记

千年丝路，重焕生机。曾经驼铃声声，商旅不绝于道，曾经大漠落日，以行路铸繁华。今天，中欧班列一声鸣笛，唤醒岁月，惊艳世人。

能站在今天的蓝天白云之下，抚摸时代有力的脉搏，以滚烫的文字作为忠实记录的载体，这是我们文字工作者莫大的欣喜和荣幸。

笔者在青白江区成都国际铁路港服务中心采访时，曾看到这样一幕：工作人员繁忙有序地操作电脑，为企业完成货物报关、验单等手续。看到笔者，工作人员指指大厅内的服务窗口，微笑着说道："这里已实现了企业单一窗口一站式办理口岸通关、国内货物集结等业务。"

接下来，乘车驶入成都国际铁路港，看到铁路港内整齐划一地堆放了不同颜色的集装箱，每一种颜色的集装箱都分装着不同货物。工作人员介绍道：白色的集装箱具有保温的功能，专门用于冷链食品的保存。笔者眼前便浮现出刚刚在"蓉欧荟"看到的来自全球的生鲜食品，乌拉圭牛肉、澳洲龙虾、新西兰牛仔骨……这些"远在天边"的外国商品，如今已搭乘中欧班列这支钢铁驼队，十天时间便"近在眼前"。这是时代造就的辉煌，是时代赋予我们每个人的美好红利。

来到成都铁路保税物流中心（B 型）监控室，国内最为先进的监控设备实时播放的高清监控图像让人眼前一亮：1080P 的高清像素，360 度无死角、24 小时无间断、枪体和球体双向交替实时监控，让物流中心无懈可击；进出通道的卡口无人工值守，全智能化管理具备 24 小时通关作业的能力；验货场地也配有供海关使用的查验平台、电子地磅系统、监控系统和照明设施；三座保税仓库 6.5 万平方米，出口退税，进口保税功能，为企业的资金流转提供了便捷……这一系列高科技产品的加入，让铁路"保 B"高效运转，有条不紊，井井有序。

在为写作这本书四处收集资料、采访"八方神仙"的过程中，笔者数次感受到心潮激荡，仿佛有一幅宏阔的画卷在眼前徐徐展开；仿佛有一首壮丽的歌曲，在胸腔中回旋，时刻都有冲破喉咙的冲动；仿佛云朵作舟、彩霞为桨，笔者也随这趟发自青白江的火车一道，穿越重重历史迷雾，回溯百年川人执着梦想，奔往未来的幸福与康庄。这就是中欧班列带给我们的感动和兴奋，它正以日新月异的高速发展，诠释着“一带一路”的深沉内蕴。

要用怎样的方式，将我们感受到的巨变呈现出来，将我们心中壮丽的歌曲唱给读者听？在最后一次开车离开青白江时，不经意拧开了车载电台，传来了令人熟悉的声音，点醒了我这些时日以来关于本书结构的纠结和困惑。

那天，电台竟然很怀旧地播起了许明耻的《闹窑》，这是著名的川剧灯戏，又名《烧窑封宫》。讲的是西汉末年的故事，太子刘秀潜逃南阳，途中误入深山，饥饿难当，正无计可施时，遇村姑殷梨花手提饭篮，香味扑鼻。刘忙上前欲求相助，遭到梨花拒绝，并解释此饭是送给烧窑哥哥吃的。但见刘秀可怜，又慷慨赠饭。这时，哥哥殷梨山见妹妹迟迟未送饭来，出窑突见妹妹与一书生，产生误会，并闹出许多笑话。后来，刘秀感谢梨花救命之恩，登基为帝之后，封梨花为妃。

《闹窑》中，殷梨花正和刘秀插科打诨地唱道：啥东西的房子在空中挂？啥东西歇气往岩上爬呀？啥东西上动下说话呀？啥子人不喊名字光喊她呀？蜘蛛的房子在空中挂，蝎子歇气往岩上爬，木脑壳上动下说话，两口子不喊名字光喊她。嘻哈哈……

电波里殷梨花笑哈哈，我却在刹那眼窝一热。自己怎么没想到呢？20世纪70年代初期，我出生于四川射洪一户农家；80年代，村里拥有录音机的“土豪人家”并不多，那时我还在念小学，家人很奇怪，为啥我每到吃晚饭时，喜欢挑上一筷子咸菜，一溜烟跑到某家门口去蹲着吃呢？他们好奇地“跟踪”了一次，闹明白了——那家爱放川剧《闹窑》，那是我百听不厌的，里面有殷梨山、纯情村姑梨花，还有饿得前胸贴后背的倒霉刘秀。

川剧，仿佛是川人血液里携带的基因，仿佛是一早注定的宿命。我并不懂什么高深的川剧文化，也算不上票友，但年少时爱过的唱段，听过的台词，那句历经岁月沧桑仍旧清新如洗的“嘻哈哈”，一秒钟就能让我打开记忆的大门。为何不用川剧的几种经典绝活来谋篇布局呢？此念一出，茅塞顿开、眼清目明。

所以，有了川人百年铁路梦，这犹如“顶灯”的艰难前行；青白江从一座工业城，走向生态宜居，走向文明现代，这又何尝不是一次华丽丽的“变脸”？中欧班列开启新征程，犹如巨龙昂扬“吐火”，书写着新丝路的传奇；“蓉欧+”，犹如善舞的“水袖”，带给我们眼花缭乱的盛世惊喜。

这既是我对中欧班列的一次亲密接触，也重新点燃了多年前“小戏迷”眼中的熠熠神光。让我在写作间隙放上一段川剧选段，闭眼聆听，那锣鼓急，那唱腔亮，风起云涌间，世界成为舞台，舞台即是世界。

在查找资料时，我看到了一则与川剧有关的趣闻：2016年12月28日，青白江区九岁小女孩蒋金津身着一袭变脸传统戏服，向师傅恭恭敬敬地敬茶叩首后，正式成为国际著名川剧变脸大师彭登怀的入门弟子，也成为香港天王巨星刘德华的小师妹。川剧是我国传统文化艺术的重要组成部分，也是中华民族的瑰宝。彭登怀意味深长地解释道：变，才是永恒不变的真理。“变则新，脸则形象”，不论是一个人，还是一个民族，一个国家，一门艺术，无不在变中求索。经典文化，从来不会随着岁月流逝而烟消云散，它会不断注入新的血液，后继有人，才能推动历史的车轮滚滚向前。传统川剧在变中发展，传统产业向新兴产业转变——当年的骆驼商队，嬗变成了当今的如风快铁。

这是魅力无穷的蓉欧大舞台，承载着商机与财富，承载着美丽的中国梦，一路奔跑，一路欢歌。这是以实际行动践行“一带一路”重大倡议的“新丝路”，千年驼铃梦未醒，征程在前不忘初心，起航吧巨龙！

感谢四川省作协、成都市文联、成都市作协，青白江区委宣传部、文联和新闻中心，以及成都国际铁路港、城厢镇马鞍社区等有关部门单位的大力支持！感谢对本书写作提供信息资料及采访线索和热情帮助的中外朋友们！感谢此刻阅读这些文字的亲爱读者！

税清静

2017 年 9 月

图书在版编目（CIP）数据

新丝路：从成都出发 / 税清静著. -- 成都：成都时代出版社，2017.11

ISBN 978-7-5464-1969-5

Ⅰ. ①新… Ⅱ. ①税… Ⅲ. ①报告文学－作品集－中国－当代 Ⅳ. ①I25

中国版本图书馆 CIP 数据核字 (2017) 第 260607 号

新丝路——从成都出发

XINSILU——CONG CHENGDU CHUFA

税清静 著

出 品 人　石碧川
责任编辑　李卫平
责任校对　李　佳
封面题字　程绍武
装帧设计　梁　曌
责任印制　唐莹莹

出版发行　成都时代出版社
电　　话　(028) 86742352 (编辑部)
　　　　　(028) 86615250 (发行部)
网　　址　www.chengdusd.com
印　　刷　四川金邦印务有限公司
规　　格　145mm × 210mm
印　　张　10
字　　数　200 千
版　　次　2017 年 11 月第 1 版
印　　次　2017 年 11 月第 1 次印刷
书　　号　ISBN 978-7-5464-1969-5
定　　价　35.00 元

著作权所有·违者必究

本书若出现印装质量问题，请与工厂联系。

电话：（028）86930838